KB004021

세렌티아의 증오

"마법사와 전사로군… 어디 소속이냐?!"

"그냥 지나가는 사람이야."

"흐음… 정직하게 대답할 만큼 바보는 아니라는 건가?"

"루우우우우우우우우우우크!"
느릿하게… 그는 돌아보았다. 우리들 쪽을.
"—어——, 너희들인가———."

"오는 겁니까, 그가…?"
내 이야기를 듣고…
케레스 대신관은
어두운 표정으로 중얼거렸다.

슬레이어즈

14 세렌티아의 증오

HAJIME KANZAKA **칸자카 하지메**

일러스트 | 아라이즈미 루이
번역 | 김영종

목 차

1. 사람 사는 곳에 권력다툼은 끊이질 않고

"황혼 무렵에는 마(魔)가 나타난다."

나는 말했다.

노래하듯이.

빛이 남긴 오렌지색과, 밤이 자아낸 어둠이 섞이고 있는 거리를 바라보며.

"어딘가에서 그런 이야기를 들은 적이 있어.

아마도,

이 오렌지색 세계에는 빛과 어둠 사이에 보이지 않는 악마가 몸을 숨기고 있다가, 사람들의 마음속 허점에 파고들어서 은근슬쩍 사람들을 미치게 하는 것 같아."

"다시 말해…."

같은 경치를 바라보며 나의 여행 동료… 가우리가 말했다.

잘생겼고 검 솜씨는 틀림없이 초일류지만, 유감스럽게도 머릿속에는 뇌 대신 불어터진 파스타가 들어 있다.

길게 기른 금색 머리카락이 석양과 바람에 의해 일렁이는 불꽃처럼 빛나고 있다.

"우리들이 길을 잃은 건 모두 황혼 때문이고, 변덕으로 뒷골목에 들어간 너에게는 아무런 잘못도 없다는 거지?"

"……."

"……."

불어오는 바람 소리가 침묵을 메웠고….

"으아아아아아! 그래. 잘못했어! 모두 내 잘못이야!"

어쩔 수 없이 나는 고분고분 사과했다.

―랄티그 왕국령 세렌티아 시티.

사원 도시라는 이름으로 불릴 만큼 플레어 드래곤(적룡신) 쉬피드를 믿는 곳으로, 다섯 개의 큰 사원을 가지고 있다.

신앙심 깊은 사람 중에는 일부러 다른 나라에서 순례를 오는 사람도 있을 정도이다.

우리 두 사람은 이곳저곳을 터덜터덜 여행하다가 우연히 이 근방을 지나게 되었는데 그냥 한번 들러보기로 한 것이다.

이 마을에 도착한 건 조금 기울기는 했지만 해가 아직 높은 위치에 있었던 무렵이었는데….

"하지만 가우리!"

나는 검지를 척! 세우면서 말했다.

"'변덕'이라는 말은 적절치 않아!

교외의 쓸쓸한 풍경에 풍류를 자극받고 정취를 만끽하기 위해서 발이 가는 대로 몸을 맡겼을 뿐이라고! 나는!"

"저기…."

가우리는 나의 말에 잠시 생각하더니 말한다.

"그거, 쉽게 말하면… '어쩌다 보니 그쪽으로 갔다'는 말이지?

그럼 역시 변덕 맞잖아."

우…! 아… 아뿔싸!

전사이자 천재 마법사인 나 리나 인버스의 필살기, 보통 사람에게라면 충분히 통하는 '일부러 둘러말해 연막을 치는 작전'도 단순 명료 뇌세포 가우리를 상대로는 통하지 않는 건가!

"큭…! 제법이구나, 가우리!"

"뭐가?"

나의 마음속 갈등을 아는지 모르는지 그는 느긋한 어조로 말했다.

나는 망토를 펄럭 뒤집었다.

"홋. 여기서는 얌전히 나의 패배를 인정하지.

알았어.

레비테이션[浮遊]으로 공중에 떠서 길이 어떻게 되어 있는지 보고 올게."

말하고 나서 나는 속으로 주문을 외웠고….

돌연 중단했다.

"리나!"

"알고 있어."

중얼거리는 가우리에게 대답하는 나.

그것은 길 안쪽에서 부는 약한 바람에 실려 들려왔다.

단단한 게 맞부딪치는 듯한 소리…. 다시 말해 칼싸움 소리.

싸우고 있는 것이다, 누군가가.

물론 나로선 성가신 일에 끼어들 생각은 없다.

"일단 이곳을 뜨는 편이 좋겠어."

"응…."

서로 고개를 끄덕인 후, 우리들은 소리가 나는 반대쪽으로 발길을 돌렸다. 그때.

"멈췄어."

다시 가우리가 중얼거렸다.

칼싸움 소리가 사라지고 없었다.

싸움이 끝난 건가?

생각한 찰나.

콰앙!

바로 옆 민가 벽이 굉음과 함께 박살이 났다!

―아닛?!

산산이 흩어지는 파편. 피어오르는 흙먼지.

두 사람은 즉시 뒤로 물러났기에 파편을 얻어맞지는 않았다.

방금 것은… 주문 공격?!

석양을 받아 오렌지색으로 빛나는 흙먼지 속…. 그곳에 누군가 서 있는 기척이 있었다.

"누구냐? 너희들은!"

남자의 목소리는 그곳에서 들려왔다.

서서히 가라앉는 흙먼지 속에서.

나타난 건 그림자 두 개.

한쪽은 롱 소드를 손에 들고 라이트 메일을 몸에 두른 전사 차림.

그리고 다른 한쪽은….

온몸을 검은 천으로 감싸고 있으며 얼굴도 눈 부분을 제외하고 온통 검은 천으로 가리고 있다.

─전형적인 암살자 스타일이다.

그의 손에는 큼직한 단검.

싸우고 있었던 건 이 녀석들이었나…?

우리에게 말을 걸어온 사람은 전사 차림의 사람이었다.

"마법사와 전사로군…. 어디 소속이냐?!"

다시 물어오는 전사.

저기… 난데없이 어디 소속이냐니….

"그냥 지나가는 사람이야."

"……."

정직하게 대답한 나의 말에 전사는 잠시 침묵하더니,

"흐음…. 정직하게 대답할 만큼 바보는 아니라는 건가?"

납득했다는 듯 중얼거렸다.

아니, 그러니까 나는 정직하게…. 뭐, 말해봤자 소귀에 경 읽기 같지만….

암살자 쪽은 그동안 말없이 서 있다가…

별안간 아무런 예고도 없이 땅을 박차고 크게 도약했다!

하지만 이쪽으로 다가온 건 아니다. 뒤로 물러난 것이다.

우리 두 사람을 적으로 간주하고 3파전을 피하기 위한 건지, 아니면 상관없는 것으로 판단하고 더 이상 소란을 일으키지 않기 위해 물러난 건지는 알 수 없지만.

암살자는 눈 깜짝할 사이에 그늘 쪽으로 모습을 감추었고 바로 그 기척도 사라졌다.

"흥…."

한편 전사는 암살자가 사라진 쪽에 조소를 보내더니,

"아무래도 나에겐 대적할 수 없다는 걸 알고 도망친 것 같군.

그럼 남은 건…."

힐끔! 우리 쪽을 노려보며,

"네놈들이구나!"

이것 봐….

"누구에게 고용되었는지 순순히 이야기하고 지금 당장 이 마을을 떠난다면 못 본 걸로 해주겠다! 어때?"

"저기… 뭔가… 오해가 있는 것 같은데…."

긁적긁적 뺨을 긁으면서 말하는 가우리에게 남자는 한쪽 눈썹을 치키며,

"오해라고?!

호오….

2대1이라면 너희들이 더 유리하다고 말하고 싶은 거냐!

하지만!"

"다그 웨이브[地雷破]."

콰아아아아앙!

"히이이이이이이이익!"

내 주문 한 방에 저 멀리 날아가는 전사 1.

후. 시끄러운 걸 참느라 혼났네.

"저기 말야, 가우리.

저런 녀석은 진지하게 상대하면 안 돼.

시간 낭비일 뿐이니까."

"으음….

나도 모르게 그만…. 하지만 뭐였지? 방금 그 녀석들은…."

중얼거리는 가우리에게 나는 말했다.

"글쎄…? 잘은 모르겠지만…

한 가지 분명한 건

아무래도 또 성가신 일이 우리들을 대환영하고 있는 것 같다는 거야."

"그래…. 보고 말았군…."

내 이야기를 들은 늙은 평의장은 놀란 기색도 없이 한숨 섞인 어조로 그렇게 중얼거렸다.

다음 날 세렌티아 시티 마법사 협회에서 있었던 일이다.

마법사 협회에 들러서 평의장과 인사를 나누고 어제 목격한 싸움에 대해 이야기하자… 돌아온 대답이 이것이었다.

"그럼 알고 계셨나요?!"

내가 묻자 흰 머리에 흰 수염을 가진 평의장은 씁쓸한 표정으로 고개를 끄덕였다.

"이 마을이 사원 도시라는 이름으로 불린다는 건 알고 있나?"

"예, 대충은…."

"그럼… 그 중심이 되는 사원이 두 달 전쯤 화재로 타버렸다는 이야기는?"

"그건… 처음 듣는데요?"

"모든 일은… 그것이 발단이었지…."

평의장은 천천히 이야기하기 시작했다.

─이 세렌티아 시티에는 여러 개의 사원이 있긴 하지만 그것은 본래 하나의 사원에서 분리된 것이라고 한다.

다시 말해,

마을 중앙에 플레어 드래곤(적룡신) 쉬피드를 모시는 본원이 있고 그 동서남북에 각각 네 용왕을 기리는 분원이 있다는 뜻이다.

대대로 신관장이 중앙의 본원과 전 사원을 관장하고, 선택받은 네 명의 대신관이 네 분원의 자잘한 운영을 맡아왔다고 한다.

─그런데.

지금으로부터 약 두 달 전.

원인을 알 수 없는 화재가 나서 본원은 소실되고, 신관장과 그곳에 있던 여러 명의 신관들은 저세상 사람이 되었다.

그렇게 되자… 그 후에 일어난 일은 불을 보듯 뻔했다.

즉 신관장의 후계자 다툼이다.

'승려는 곧 성인군자'라고 생각하는 사람은 어지간히 세상물정을 모르는 사람이거나 바보이다. 승려라고 해도 인간인 이상, 욕망이라는 걸 가지고 있다.

사원 도시로까지 불리는 이 마을에서 그 사원을 총괄하는 신관장의 자리를 손에 넣는다는 건 마을을 지배하는 것과 동등하다고 해도 과언이 아니다.

당연히 대신관들은 치열하게 다투었다.

애당초 결코 사이가 좋다고 할 수 없었던데다 그들을 말릴 수 있는 힘을 가진 자도 사라진 것이다.

게다가 그들의 눈앞에 어른거리는 건 신관장이라는 지위.

다투지 않을 리가 없었다.

처음에 열린 '회합장'에선 자기 자랑과 상대의 험담만이 계속되었고 그 결과, "네가 불을 질렀잖아"라는 말까지 나오며 단순한 말싸움 자리로 전락했다.

—아니, 그 자리에 타계한 신관장의 옛 친구… 다시 말해 마법사 협회의 평의장이 입회인으로 참석하지 않았다면 누구 한 명이 이길 때까지 주먹다짐이 벌어졌을지도 모른다.

차라리 그곳에서 주먹다짐으로 결판이 나는 게 그 후의 평화를 위해 더 나았을지도 모르겠다.

결렬로 끝난 '회합'은 불화의 불씨만을 남겼고… 얼마 지나지 않아 건달들과 용병들을 고용해서 다른 분원에 행패… 그리고 항쟁으로 발전하기 시작했다.

─어제 우리들이 목격한 것도 그런 싸움 중 하나였다.

"우웅…. 썩었네요."

"그렇게 말하진 말게."

나의 솔직한 감상에 평의장은 쓸쓸한 표정으로 중얼거렸다.

"하지만… 그래도 다들 성직자잖아요. 제가 어제 본 것도 아마 진짜 암살자일 텐데 아무리 그래도 너무 심하지 않아요?"

"나도 그렇게 생각하네만…

문제는 그들이 그렇게 생각하지 않는다는 거네.

그리고 본원의 화재 원인이 아직 분명하지 않다는 것도 문제야.

신관장 자리를 손에 넣기 위해 누군가가 불을 질러 신관장을 죽인 게 아닐까 하고 생각하는 자까지 있으니까.

그렇게 믿는 자는 다음에 자신이 표적이 된다 해도 이상하지 않을 거라 생각하겠지.

그래서 상대에게 당하기 전에 수단과 방법을 가리지 않고 먼저 상대를 해치울 수밖에 없게 된 거야."

"그렇군요."

처음엔 누군가가 고용한 건달들, 그것이 모든 것의 시작이었을 것이다.

눈에는 눈이라고 생각해서 다른 누군가가 다른 건달들을 고용

했고,

그에 대항하기 위해 역시 누군가가 보다 실력 있는 자를 고용,

그런 파워 게임이 심화되는 사이에 어제 같은 전사와 암살자의 대결 구도가 만들어진 것이리라.

"그나저나 리나 인버스 님…."

"싫어요."

나는 방실거리는 얼굴로 평의장의 말을 중간에 끊고 딱 잘라 거절했다.

"……."

평의장은 잠시 침묵하더니….

"아직 아무 말도 안 했는데…."

"이런 이야기 중에 새삼스럽게 풀 네임을 부른 걸 보아 아무리 생각해도 복잡한 일을 의뢰할 것 같다는 생각이 들어서요…."

내 말에 평의장은 싱긋 미소 지으며,

"자네의 높은 명성은 귀가 따갑게 들어왔네."

이 할아버지… 상대의 말을 못 들은 척하는 전법을 쓸 생각인가?

"싫다니깐요♡"

"나도 어떻게든 사태를 진정시키기 위해 사방으로 손을 써서… 열흘 뒤쯤 다시 대신관 넷이 회동을 가져 새롭게 신관장을 정하기로 하는 데 겨우 성공했네."

"그러니까 싫다니깐요."

"하지만… 그 열흘 안에 사건을 일으키려는 자가 분명 있을 터, 어떻게든 그것만은 막아야 해."

"핫핫핫핫. 그래서 아까부터 싫다고 했잖아요."

"나는 자네라면 해낼 수 있다고 확신하네."

"그럼 전 이만 돌아가볼게요."

"부탁이네! 그걸 좀 어떻게!"

"우와아아앗! 매달리지 마요오오오!"

"그런 이유로.

일이야, 가우리."

"뭐?"

마법사 협회를 뒤로하고,

숙소로 잡은 여관의 식당.

최대한 무덤덤한 말투로 그렇게 선언한 나에게 가우리는 미간을 좁히며,

"저기…

너 얼마 동안은 일 안 하고 느긋하게 보낸다고 하지 않았어?"

"아니."

선뜻 딱 잘라 대답하는 나.

사실 어제 점심 무렵에 그렇게 말한 것 같다는 생각도 들지만 상황이라는 건 시대의 흐름과 함께 변하는 법이다.

제기랄….

솔직히 나도 이런 일은 맡고 싶지 않다.

평의장의 의뢰는 '내 존재를 과시해서 네 사람의 대신관을 억제하는 힘이 되는 것'이었다.

다시 말해 '마법사 협회가 너희들의 움직임을 감시하고 있으니 무모한 짓은 안 하는 게 좋을걸?'이라는 무언의 압력이 되면 된다는 뜻이다.

그러나… 생각이 짧다. 생각이 짧은 데도 정도가 있다.

암살자까지 고용할 만큼 갈 데까지 간 녀석들이 '그럼 별수 없지' 하고 얌전히 물러날 리 없다.

최악의 경우, 우리들의 존재가 녀석들의 눈에는 자신의 정의를 방해하는 자로 비칠 우려조차 있다.

즉….

우리들을 노릴 위험조차 있다는 뜻이다.

허나….

나이깨나 드신 할아버지가 울면서… 비유가 아니라 진짜로 눈물을 펑펑 흘리며 매달리면서 '보수는 금화 50… 아니, 일이 무사히 끝나면 100개 주겠네'라고 말하는데 거절할 수는 없었다.

—왜 마법사 협회가 사원의 다툼에 이렇게까지 참견하려 드는지… 의아하게 생각하는 사람도 있을 것이다.

그러나 사실 이것은 당연한 일이다.

어디까지나 비밀이지만 협회와 사원은 뒤에서 비교적 밀접하게 연결되어 있다.

—뒤에서… 라고 말하니 어감이 안 좋은데, 쉽게 말해 마법사 협회는 개발된 회복 주문 등의 노하우를 사원에 팔고 그 사실을 일반에는 공표하지 않는다는 뜻이다.

마법사 협회에 비해 조직력이 없는 사원은 독자적으로 회복 주문 등을 개발할 만한 힘이 없다.

그러나….

인간이라는 존재는 속물근성이 있어서, 진실을 말하지만 기적을 일으키지 못하는 종교보다는, 비록 사기라는 게 뻔해도 자신에게 달콤한 소리를 해주고 도움이 되는 기적을 일으켜주는 종교에 푹 빠지는 경향이 있다.

즉 까놓고 말해서 아무리 훌륭한 이념과 숭고한 이상을 제창하더라도 회복 주문을 쓸 수 있는 자조차 없는 종교에는 손님… 아니, 신자가 모이지 않는다는 말이다.

그렇게 되면 당연히 운영도 여의치 않게 된다.

—그래서 결국.

여러 마을의 사원은 마법사 협회로부터 다양한 마법 기술을 구입해서 회복, 해독, 정화 같은 '신의 기적'을 일으켜 보이게 되었다.

신관이 마법사 협회로부터 개인 수업을 받고 주문을 배우는 경우도 많다.

쉽게 말해,

마법사 협회에 있어서 사원이라는 곳은 가장 큰 단골손님… 최대의 수입원이다.

특히 이처럼 사원 관광이 마을 최대의 수입원이 되는 장소라면 사원에서 마법사 협회로 들어가는 수입도 상당한 액수일 것이다.

뭐, 이런 관계가 성립되어 있었기에.

협회의 평의장은 신관장과 사이가 좋았고, 지금 일어나고 있는 분원 간의 싸움에 애간장을 태우고 있는 것이다.

—어쨌거나.

점심을 마치고 여관을 나와 마을 북쪽으로 향하면서,

나는 사건의 개요를 대충 가우리에게 설명했다.

"그렇군….

큰일이구나, 이 마을도."

속 편한 어조로 말하는 그.

"저기 말야, 가우리…. 그렇게 남 일처럼 이야기하지 마.

그 큰일에 우리들도 완전히 말려들었으니까."

"말려들다니. 그거야말로 남 일처럼 말하는데 네가 의뢰를 맡은 거잖아."

"우…!

여자를 상대로 그런 말을 하면 못써!"

"아니, 여자니 남자니 하는 문제가…

음? 리나, 저기…."

"응?"

그렇게 말한 가우리의 시선이 향하는 곳.

돌로 만든 흰 집. 노점이 들어선 큰길. 거리를 내달리는 아이들.

그런 매우 평범한 광경 속에서 단 하나 이질적인 게 그곳에 있었다.

―불에 탄 거대한 대성당.

석조 건물인 그것은 원래의 형상만을 남긴 채, 화재에 의해 검은 숯덩이가 된 첨탑을 민가 지붕 저편에서 내보이고 있었다.

"저것이… 화재가 난 본원이구나."

"가볼까?"

"나중에.

들를 시간은 얼마든지 있으니까.

그보다 지금은… 네 사람의 대신관을 만나는 게 우선이야.

어떻게든 오늘 중에 그 사람들의 얼굴을 전부 봐두고 싶어."

"오오!"

내 말에 가우리는 손을 탁 치고,

"그럼 우리들은 지금 그중 한 명에게 가고 있는 거였구나."

미끌.

무심코 발이 미끄러져서 나는 쓰러질 뻔했다.

"너…!

그럼 무엇 때문에 걷고 있었다고 생각한 거야!"

"으음….

식후 운동이라든지, 마을 구경이라든지…."

"뭐… 아무래도 좋지만…

어찌되었든,

지금 우리들이 가고 있는 곳은 마을 북쪽에 있는 '물의 신전'.

아쿠아 로드(수룡왕) 라그라디아를 받드는 곳이야.

그곳 책임자는 케레스 대신관이라는 사람이고.

그곳에 들른 다음엔….”

"잠깐!"

갑자기 나의 말을 가우리가 막고 나섰다.

"왜 그래? 갑자기."

"리나, 너 지금 다음은 어디의 누구를 만나고 그다음은… 그다음은… 이라고 설명하려고 했지?"

"그런데… 왜?"

"훗! 생각이 짧구나!"

말하고 나서 가우리는 의기양양한 표정으로,

"한 번에 네 명이나 설명하면 내가 기억할 리 없잖아!"

"그런 걸로 잘난 척하지 마아아아!

아니, 뭐, 확실히 그건 그렇지만….

아…

그럼 그때그때 네 사람을 따로따로 설명하면 이름을 기억할 수 있어?"

"……."

"이봐….”

"이 세상엔…

헛된 일이 많아."

"잘난 척 말하지 말라고 했지이이이이!"

퍼억!

내가 날린 공격이 가우리의 뒤통수를 강타했다.

―우리들이 그곳에 도착한 건 그로부터 얼마 후의 일이었다.

꽤 넓기도 하네, 이 마을….

어쨌거나… 그곳에는 웅장한 사원이 우뚝 서 있었다.

아쿠아 로드를 받들기 때문인지 건물은 파란색을 기조로 한 세련된 디자인이었고 부지도 꽤 넓었다.

다만… 역시 최근에 빈발하는 소동 때문인지 정원 등은 별로 손질이 되어 있지 않았고 현관 주위에는 언뜻 봐도 건달처럼 보이는 녀석들이 몇 명 모여 있었다.

음…, 삭막하구만.

그러나 일단 이곳의 대신관인 케레스라는 사람을 만나지 않으면 이야기가 되지 않는다.

"이곳의 대신관, 지금 있어?"

모여 있는 건달들에게 나는 말을 걸었다.

"어? 뭐야?"

그들의 리더인지 내 쪽에 등을 돌린 채 앉아 있던 한 사람이 말하면서 느릿느릿 일어섰다.

내 쪽을 돌아보고… 익!

"우리 대신관에게 무슨 용건… 아니, 넌?!"

그리고 상대도 내 쪽을 보고 소리를 질렀다.

서로 아는 상대였던 것이다.

"아앗! 건달 같은 녀석! …이 아니라 루크! 어째서 네가 이런 곳에?!"

"그러는 너야말로…!

아, 잠깐! 방금 너, 슬쩍 열받는 소리를 하지 않았어?"

눈썹을 치키며 그가 말했다.

검은 단발, 장신에 라이트 메일을 둘렀으며 눈초리가 조금 사나운 남자.

다름이 아니라 자칭 트레저 헌터, 실제로는 단순한 얼빠진 녀석. 대충 마법 전사인 루크다.

여러 번 같은 사건에 관여했고 얼마 전에도 어느 사건으로 공동 전선을 편 바 있다.

그 사건이 끝나고 각각 다른 길로 떠났었는데….

또 만나고 말았네.

"죽을 만큼 기분 탓이야, 그건. 응."

그의 말에 나는 주저 없이 단언했다.

그러고 보니 언제나 함께 다니는… 함께 다닌다기보다는 루크가 항상 뒤를 졸졸 따라다니는 그의 파트너 미리나의 모습이 주위에 안 보이는데….

"어? 미리나는? 드디어 정나미가 떨어져서 도망친 거야?"

"바보!

그럴 리 없잖아.

나와 미리나의 사랑과 신뢰 관계는 등산 밧줄보다 단단하고 강하단 말야!"

"왠지… 허술해 보이는 신뢰 관계구나."

"시끄럿!

여하튼 함께 이곳의 경비 의뢰를 맡았어! 미리나는 지금 내부 경비를 하고 있을 뿐이고."

"흐음….

즉 너와 함께 일하는 게 싫다는 거지?"

"아니야아아아아!

아니,

그보다! 무슨 용건이야?! 결국!"

"아, 맞다.

너를 놀리면서 재미있어할 때가 아니었지."

"그럼 처음부터 놀리질 마아아아!"

"아까 말한 것처럼…

이곳 대신관… 케레스 로렌시오 씨… 였던가? 어쨌거나 그를 만나러 왔어."

항의는 무시하고 용건을 말했다.

"호오…."

그 순간 루크의 표정이 변했다.

이 남자는 미리나와 관련된 일에선 바보가 되지만 이래 봬도 꽤 실력이 있다.

"일단 나는 바깥쪽 경호를 맡고 있으니 묻겠는데,

무슨 용건이지?

아니, 너희들은 어느 편에 붙은 거냐?"

"중재역인 마법사 협회."

주저 없이 나는 그렇게 대답했다.

"흠…."

루크는 한순간 침묵하고,

"좋아. 믿기로 하지.

만약 네가 거짓말을 했다면 옆에 있는 네 동료가 이상하다는 듯한 표정을 지었을 테니까 말야."

"잠깐!

가우리는 내 전용 거짓말 탐지기인 거야?!"

"비슷한 거잖아.

뭐, 어쨌거나 사정은 알았으니까

따라와."

말하고 나서 등을 돌리고 걷기 시작한다.

다소 납득이 안 되는 점도 있긴 하지만 여기서 무의미하게 따져 봤자 소용없다. 애당초 목적은 대신관을 만나는 것이었으니까.

입구 부근에 모여 있는 건달인지 용병인지 잘 알 수 없는 녀석들 사이를 **빠져나와** 나와 가우리는 현관 안으로 들어갔다.

"이쪽이야."

루크의 안내에 따라 큰 복도를 지나 안쪽으로.

―관광지로 알려져 있는 것치곤 사원 안에 관광객… 아니, 참배자로 보이는 자의 모습은 보이지 않았다.

뭐, 상황이 상황이고 출입구에 험상궂은 녀석들이 진을 치고 있으니 참배자가 들어오긴 힘들겠지….

물론 건물 안에 신관들의 모습이 보이긴 했지만 아무리 봐도 신관의 숫자보다는 용병인지 건달인지 알 수 없는 녀석들이 더 많다.

그래도 양심은 있는지 암살자 스타일의 녀석은 보이지 않았다.

―이윽고.

"이곳이야."

루크가 발을 멈춘 곳은 깊숙한 곳에 있는 어떤 방 앞이었다.

똑똑 문을 노크한다.

"루크입니다. 손님이 왔습니다."

"손님?"

문 안쪽에서 들려온 건 아직 젊은 남자의 목소리.

"마법사 협회에서 온 사람이라는군요."

"들여보내세요."

루크가 문을 열자 그곳은 그리 크지 않은 방이었다.

안에는 눈에 익은 얼굴 하나와 모르는 얼굴 셋.

아는 얼굴이라는 건 다름 아니라 가죽 숄더 가드를 몸에 두른 긴 은발의 미인… 루크의 여행 동료 미리나였다.

나와 가우리의 얼굴을 보고 약간 눈썹을 실룩였지만 반응은 단지 그뿐이었다.

두 사람은 용병으로 보이는 남녀. 그리고 마지막 한 사람은… 서류 뭉치가 펼쳐진 책상 앞에 앉아 있는 남자.

나이는 대략 20대 중반. 꽤 잘생겼지만 온화… 라기 보다는 심약해 보이는 흑발의 남자였다.

신관복을 입고 있는 걸 보건대…

이 사람이 문제의 대신관이리라.

"마법사 협회에서… 오셨나요?"

그는 자리에서 일어나 공손한 어조… 라기보다는 주뼛주뼛한 어조로 물어왔다.

"…저는… 이곳의 책임자 케레스 로렌시오라고 합니다…."

"마법사 협회 평의장으로부터 이번에 시가지 경호 의뢰를 받은 리나 인버스라고 해요.

이 사람은 여행 동료로… 가우리라고 하고요."

"시가지 경호… 라고요?"

"예."

나는 싱긋 미소 지었다.

"최근 마을이 좀 시끄러운 것 같아서요.

성질 급한 녀석들이 무모한 짓을 벌이지 못하도록 감시하는 역할이에요."

물론 이 말은… 노골적으로 비꼬는 말이었지만….

"정말 그래요! 최근 너무 시끄럽더군요!"

시치미를 떼는 건지, 아니면 눈치를 못 챈 건지 나의 말에 케레스는 고개를 끄덕거린다.

"그 화재 이후 다들 서먹서먹해져서… 서로에게 몹쓸 짓을 하고 있답니다.

제가 있는 곳에서도 누군가가 고용한 녀석들이 행패를 부려서 정말 무서웠다고요.

그래서 결국 저도 호위할 사람들을 고용하지 않으면 마음 편히 잘 수도 없는 상황이 되어버렸는데…

그 비용이 장난이 아니더군요!"

단숨에 이것저것 주절거리기 시작했다.

"아… 저기…."

"저는 돌아가신 신관장님으로부터 이곳 사원을 맡긴 했습니다만 이곳은 아쿠아 로드 님을 기리는 곳이잖아요?

제가 이런 말을 하는 것도 뭐합니다만 아쿠아 로드 님은 민간 전설에선 천 년 전 카타트 산맥에서 부활한 마왕에게 죽은 것으로 되어 있어요.

아, 물론 저로선 그런 건 단순한 전설이고 미신일 뿐, 아쿠아 로드 님은 건재하시고 지금도 어딘가에서 저희들을 지켜보고 계실 걸로 믿습니다만…

세간에선 그렇게 생각하지 않는 사람들도 꽤 많아서… 곤란하네요."

"아니… 저기…."

"그래서 쉽게 말해서 다른 분원에 비하면 이곳은 별로 인기가 없어요.

그래서… 통속적인 이야기라 송구스럽습니다만, 뭐랄까, 시주도 다른 곳에 비하면 조금 시원치 않습니다.

그래도 본원이 있었을 무렵엔 그 부분을 관리해주셨기에 특별히 불편은 없었지만,

본원이 사라진 이후로 각각 독자적으로 운영을 하게 되자 역시 그런 점이 뚜렷이 부각되더군요.

그래서 호위할 사람들에 대한 보수가…."

"깜박하고 말 안 했는데…."

케레스 대신관의 이야기가 길게 계속되는 가운데 내 옆에 서 있던 루크가 작은 목소리로 말했다.

"이 사람의 특기는 '오로지 푸념'이니까 조심해. 뭐, 이미 늦었지만.

내가 미리나와 떨어지면서까지 밖으로 나간 이유를… 이제 알겠지?"

그런 말은 미리 했어야지!

신관장의 푸념을 들으면서 나는 속으로 루크에게 투덜거렸다.

—황혼이 깔린 마을은….

"아니, 어째서 벌써 해가 기울고 있는 거야아아아!"

"길었으니까. 그 사람의 이야기…."

나와 나란히 걸으면서 가우리는 지친 어조로 그렇게 말했다.

빌어먹을…. 오늘 중에 분원 네 개를 전부 돌 생각이었는데, 대낮에 출발했는데도 겨우 한 곳!

이렇게 늦어버린 이상, 역시 다른 분원 전부를 도는 건 무리다. 긴 푸념을 듣느라 지치기도 했고 일단 오늘은 여관으로 돌아가기로 하자.

다른 곳은 내일 들를 수밖에.

"으아아아아아! 이것도 다 케레스 대신관 때문이야!"

"그럼 이야기 도중에 말리지 그랬어."

어리석은 소리를 하는 가우리에게 나는 쯧쯧쯧 손가락을 저어 보이며,

"생각이 짧구나.

세상 사는 이야기나 푸념 속에 사건을 푸는 열쇠가 섞여 있는 법이라고."

"흐음…. 그런 건가?

하지만 이번 사건에 수수께끼가 있긴 해? 이번 일은 싸우는 네 사람을 얌전히 만드는 게 목적 아니었나?"

"음훗훗훗.

그런데 있단 말씀, 수수께끼는.

잘 들어.

애당초 원인은 본원이 불타고 신관장이 죽었기 때문이야.

하지만 사태가 혼란스러운 건 그 화재의 원인이 밝혀지지 않아서 그런 거지.

누군가가 불을 지른 게 아닐까 하는 소문이 퍼져서 네 사람의 의심을 부채질했어.

그것이 지금의 싸움을 부른 거야.

즉,

맨 처음 화재가 왜 일어났는지,

사고인지 방화인지,

방화라면 누가 범인인지,

이 수수께끼를 밝혀내면 네 사람의 의심은 풀 수 있다는 거지.”

“그렇구나.

그래서 그 실마리를 찾기 위해 얌전히 이야기를 들은 건가?”

“그래.”

크게 고개를 끄덕이는 나.

“그래서 실마리는?”

“결국 아무것도 없었으니까 이렇게 화를 내는 거 아니야.”

“그렇군….”

말하면서 길을 걷다 보니 올 때에도 보았던 불탄 본원이 보였다.

흐음….

"가우리, 일단 잠깐 저 불탄 자리에 가보자."

"음, 나야 별 상관없지만…."

여관으로 가는 길에서 조금 벗어난 우리 두 사람은 그곳으로 향했다.

─길을 잃을 걱정은 없었다. 과연 관광지답게 큰길로 나와서 죽 따라가기만 하면 아무 생각 없어도 그곳에 도착할 수 있다.

몹시도 넓은 부지. 분수와 정원수와 벤치.

그리고… 불에 그을린 커다란 사원.

그 앞에는 수많은 꽃이 바쳐져 있었다.

건물 입구에는 장난 삼아 들어가는 자가 없도록 감시하는 병사 두 사람이 의욕 없어 보이는 얼굴로 우뚝 서 있었다.

으음…. 들여보내줄까?

물론 비행 술법을 써서 불타버린 창문을 통해 들어가는 방법도 있다. 그러나 그 경우 만약 발각되면 '수상한 침입자'가 되고 만다.

그리고 내부에 무언가 실마리가 있을 거란 보장도 없고….

그렇게 내가 이것저것 생각을 굴리고 있을 때.

"리나, 들어가도 된대."

가우리가 말을….

"뭐?!"

당황해서 고개를 들어보니 어느 틈엔가 가우리는 병사들 옆에서 싱글벙글 내 쪽을 바라보고 있었다.

"자… 잠깐…!"

그쪽으로 달려간 나에게 병사 한 사람이,

"그럼 제가 내부를 안내하겠습니다."

왠지 우호적인 어조로 말했다.

"아… 음…. 그럼 신관장의 방을 보여줄 수 있나요?"

"예. 그럼 따라오시죠."

앞장서서 건물 안으로 들어간다.

"잠깐, 가우리, 뭐라고 설명한 거야?"

병사에게서 몇 발짝 떨어져 따라가면서 나는 작은 소리로 가우리에게 물었다.

"뭐라고 설명하다니?

있는 그대로 '마법사 협회의 관계자인데 안을 보고 싶다'고 말했을 뿐이야."

그 말만으로도 그냥 들여보내주는 거야…? 괜찮은 거야, 그래도? 정말로 괜찮은 거야?

꼴을 보니… 사건에 대한 조사도 대충 했을 것 같아.

"그쪽 조사 결과는 어떻게 나왔나요?"

계단을 오르는 병사에게 나는 그렇게 물었다.

"단순한 사고일 겁니다."

그는 쓴웃음을 머금은 채 고개만 돌려 말했다.

"방화라든지 암살이라든지 불온한 소문은 떠돌고 있지만요.

뭐, 세간에선 그런 소문을 좋아하니."

계단을 오르고 복도를 지나 다시 다른 계단으로.

흰 벽은 불꽃과 숯에 의해 그을리고 오염되어 있었고 바닥 위에는 새까맣게 타버린 것… 아마 융단이었던 것으로 보이는 뭔가가 눌어붙어 있었다.

"신관장의 취미로 예배당에는 마법의 빛이 아니라 촛불을 쓰면서 이곳저곳에 향을 피웠거든요.

그것이 태피스트리나 융단에 옮겨 붙은 거겠죠.

─이곳이 신관장의 방입니다."

병사가 발을 멈춘 곳은 생각보다 조그만 방이었다.

타버린 창을 통해 하늘이 보인다.

물론 이미 가구 따윈 없었고 썰렁한 방바닥에는 그저 재가 약간 쌓여 있을 뿐.

열 때문인지 벽은 오그라들어 있었고 쌓여 있는 재 위에는 전에 조사한 자의 것으로 보이는 발자국이 여러 개 나 있었다.

ㅇㅇㅇㅇㅇㅇㅇ음….

"뭐, 참고가 될 만한 건 남아 있지 않지만요.

─그 밖에 어디 보고 싶으신 곳은?"

"저기, 이 건물 안에 지금 우리들 말고 다른 누가 또 있어?"

그때까지 조용하던 가우리가 갑자기 그런 말을 꺼냈다.

"아뇨. 다른 사람은 아무도 없을 텐데요…."

"리나…."

가우리가 말했다. 진지한 시선을 내 쪽으로 보내고.

"아까부터 왠지… 누군가가 우리들을 보고 있는 것 같다는 느낌이 드는데 말야."

"!"

나는 아무런 기척도 느끼지 못했다. 그러나 가우리의 육감은 분명히 말해 엄청나다. 인간의 영역을 초월할 정도로.

"착각일 겁니다. 화재로 사람들이 죽은 곳은 별로 기분 좋은 곳이 못 되니까요."

안내 병사가 느긋한 어조로 말했다.

—그러나.

속 편한 병사의 가벼운 말과 가우리의 야성적인 육감 중에서 하나를 고르라면 나는 가우리의 육감을 더 믿는다.

"어딘지 알 수 있겠어?"

"대충은."

"가자."

짧은 대화를 나눈 후 가우리가, 그리고 한 발짝 뒤처져서 내가 방에서 뛰쳐나갔다!

"아! 잠깐만요!"

뒤에서 외치는 병사의 목소리는 무시!

계단을 단숨에 내려가서 복도를 달린다.

"움직이기 시작했어!"

말하고 나서 진로를 바꾸는 가우리.

어딘가로 향하는 긴 회랑.

천장에는… 아마 전에는 스테인드글라스였으리라. 그러나 지금은 그것도 여기저기 깨져서 오렌지빛으로 물들기 시작한 햇빛이 폐허가 된 벽과 바닥을 그대로 비추고 있다.

그리고….

"여기야!"

말하면서 동시에 가우리가 방 하나로 뛰어들었다!

한 발짝 뒤처져서 뒤를 따르는 나.

그곳은 역시 텅 빈 방이었다.

우리들이 들어온 곳 외에 출입구는 없었고 가구라고 할 만한 건 천장에 매달려 흔들리고 있는 불탄 샹들리에뿐.

그 밖에는 아무것도 없고… 아무도 없었다.

"사라졌어…."

가우리가 작은 목소리로 중얼거렸다.

"곤란합니다! 멋대로 이곳저곳을 뛰어다니면….

거봐요! 아무도 없죠?"

겨우 뒤따라온 병사의 말을 뒤에서 들으면서 나는 묘한 예감이 들었다.

"놈들 중 누군가가 한 짓이 틀림없어!"

자기소개도 제대로 끝마쳤을까 말까 했을 때.

플레어 로드(화룡왕) 브라바자드를 받드는 신전의 대신관 프란시스 데미트리는 히스테릭한 목소리를 내질렀다.

어제는 결국 케레스 대신관의 푸념 탓에 하루를 허비했고, 날이 밝아 오늘 아침 나와 가우리는 마을 동쪽에 있는 분원을 방문한 것이었다.

역시 신전 후위에 모여 있는 호위인지 건달인지 알 수 없는 녀석들의 안내를 받아 얼굴을 맞대고 이름을 밝힌 순간….

프란시스 대신관은 언성을 높였던 것이다.

나이는 마흔 남짓. 짧게 깎은 금발에 우람한 체격의 아저씨로, 레드 와인색을 기조로 한 로브를 두르고 있다.

"신관장 요슈아 님은 정말 아까운 분이셨어.

매사에 공정했고 항상 자비심을 가진 분이셨지.

신이 그런 분을 불의의 사고 따위로 데려가실 리가 없어!

그러니 그 사건은 악의를 가진 누군가의 손에 의한 암살이라고밖에 생각할 수 없잖아."

왠지 매우 관념적인 의견을 늘어놓고 있다.

"뭐, 어쨌거나…

앞으로 열흘쯤 후에 새로운 신관장을 정하는 회합이 열릴 예정이에요.

말할 필요도 없을 거라 생각하지만 그때까지 부디 경솔한 행동은 삼가주셨으면 좋겠네요."

"경솔한 행동이라고?!"

나의 말에 프란시스 대신관은 눈썹을 치뜬다.

"신관장님의 암살을 눈감아버리고 임시변통의 회합으로 새로운 신관장을 정하는 게 훨씬 경솔한 짓이잖아!

협회의 평의장님에겐 여러모로 신세를 졌기에 그 체면을 보아 회합에 응하긴 했지만…

다른 대신관 중에 암살을 한 죄인이 있다면 나는 결코 그 녀석을 용서하지 않겠어!

게다가… 잘못해서 그런 녀석이 신관장이 되기라도 하면 그땐 정말 가만히 있어선 안 돼!

그런 일만큼은 어떤 수단을 써서라도 저지할 생각이야!"

"그 결과 당신이 신관장이 못 되더라도 말인가요?"

"상관없어!"

내 물음에 주저 없이 딱 잘라 대답하는 프란시스.

우아아아아아! 글렀어어어어!

아무래도 신관과 무녀 중에는 악을 무찌르기 위해서라면 태연히 자신의 몸을 내던지는 부류의 녀석이 가끔 있는 듯하다.

전에 함께 여행하던 사람 중 한 명이 딱 그런 타입이었는데….

그 여행 동료와 이 프란시스가 결정적으로 다른 건 이 아저씨에겐 '귀여움'이라는 게 전혀 없다는 점이다.

뭐… 이런 아저씨가 귀여움에 넘치기라도 하면 그건 그것대로 징그럽기 그지없는 일이겠지만….

후우….

나는 한숨을 한 번 쉰다.

"그 각오에는 탄복하지만…

만약 암살이 사실이고 세 대신관 중 한 사람이 범인이라고 해도, 거꾸로 말하면 나머지 두 사람은 아무 일도 안 한 것이라는 뜻, 그것만은 잊지 마시길.

―그럼 저희들은 이걸로 실례하죠."

"음,

―어떻게든 회합 날까지 죄인의 이름이 밝혀졌으면 좋겠군.

일이 커지기 전에 말이야…."

―그건….

바꿔 말하면 그렇게 못 할 경우 일이 커질 각오를 하라는 선언이나 다름없었다.

"난처하네…."

다음 신전… 마을 서쪽에 있는 에어 로드(공룡왕)를 받드는 신전으로 향하는 길.

나는 시무룩한 목소리로 중얼거렸다.

"방금 그 프란시스 씨…

사고를 칠 생각으로 가득해."

"애당초 '범인' 따위 없을 거란 가능성도 있는데 말야.

그 화재도 사고일지 모르고."

그렇게 말한 가우리에게 나는 고개를 젓고 소리를 죽여 말했다.

"그건 아니야.

병사도 사고라는 얼빠진 소릴 했지만…

그건 틀림없이 암살이라고."

"그런 거야?!"

"어제 신관장의 방 봤지?

방까지 이어진 복도 같은 곳은 융단과 태피스트리가 숯이 되어 눌어붙어 있었지만…

신관장의 방만은 전부 재가 되어 있었어.

게다가… 아주 조금이지만 벽이 오그라든 것처럼 되어 있었고.

즉…

그 방만이 벽이 녹아 오그라들고 전부 재가 될 정도로 고열에 노출되었던 거야.

신관장의 방에 장작이나 기름이 잔뜩 놓여 있었다면 이야기가 다르지만 보통 화재로 그렇게 되는 일은 없어.

아마… 공격 주문으로 신관장을 그 방째 태워버리고 그 후 건물 이곳저곳에 불을 질러서 일반 화재로 위장한 거겠지."

"그럼 역시…

대신관 중 누군가가?"

"그것까지는 모르지만…."

"리나 씨와 가우리 씨 아닙니까?"

갑자기 귀에 익은 목소리가 옆에서 들려왔다.

돌아보니 그곳에는 루크와 미리나 두 사람을 동반한 케레스 대신관의 모습!

—익.

야단났다! 또 여기서 푸념 공격을 당하기라도 하면…!

"저기…!"

"두 분이 가신 후에 루크 씨와 미리나 씨로부터 들었습니다. 두 사람은 전부터 아는 사이시라고요?

그나저나 인연이라는 건 정말 묘하군요. 어제 만났는데 오늘 또 이렇게 만나게 되다니."

내가 뭐라고 말하기도 전에 다시 단숨에 쏟아붓기 시작한다!

아뿔싸, 위기다아아아!

"음, 사실 전 매일 아침 본전(本殿)에… 신관장님께 꽃을 바치러 가는데 지금은 거기서 돌아오는 길입니다.

루크 씨와 미리나 씨는 위험하니까 부주의하게 나돌아 다니는 행동은 삼가라고 합니다만,

신관장님껜 생전에 많은 신세를 졌으니 최소한 꽃 정도는 바치고 싶습니다.

뭐, 이렇게 두 사람이 동행해주시니 안심해도 되지 않을지…."

"마을 한복판에서 대신관님이 직접 권유하는 중인가?

거참 열심이군."

케레스의 말을 멈추게 한 건 내가 아니었다.

조금 떨어진 길 건너편… 그곳에 모여 있는 열 명 정도인 건달들.

아마도… 누군가가 고용한 녀석들이리라.

—좋아! 훌륭해, 건달! 케레스를 잘 저지해줬어!

답례로 때려눕힐 때 조금 사정을 봐줄게.

녀석들은 '나는 엄청나게 성질이 더럽다!'고 역설하는 듯한 발걸음으로 우리 쪽을 향해 걸어오면서 제각각 지껄인다.

"뭐, 아쿠아 로드 같은 인기 없는 신을 받들고 있으니 이 정도는 해야 먹고살겠지."

"하지만…… 솔직히 마을 한복판에서 이러고 있으면 눈에 거슬려.

우리들처럼 아무런 죄도 없는 일반 시민에겐 말야."

"누가 아무런 죄도 없는 일반 시민이야. 존재 자체가 자연 경관 파괴 같은 얼굴을 한 녀석들이."

움찔!

나의 극히 타당한 의견에 왠지 주위의 공기가 얼어붙었다.

"아아아! 리나 씨, 무슨 소리를 하시는 겁니까?!"

대신관의 말은 물론 무시.

"여… 아가씨. 방금 뭐라고 했어?!"

위협하는 불량배 1에게 나는 일부러 나약한 어조로,

"아… 아니…. 난 아무 말도…. 다만 저기… 너희들이 숨을 쉬는 것만으로도 공기가 오염되는 것 같다는 생각이 들어서…."

"이…! 이게!"

"그렇게 심한 말을!"

"우릴 우습게 봤겠다!"

제각각 외치면서 일제히 내 쪽을 향해 돌진하는 건달들.

아니, 뭐… 확실히 우습게 보긴 했지만….

"디밀아 윈[風波礫壓波]!"

파아아아앙.

"우와아아아아아앗?!"

내 주문 한 방에 추풍낙엽처럼 날아가는 건달들.

"자기소개가 늦었는데…."

돌바닥 위에 널브러져서 꿈틀대고 있는 녀석들을 내려다보며
나는 말했다.

"난 마법사 협회로부터 시가지 경호 의뢰를 받은 사람이야.

이번 일로 여러모로 위험한 녀석들이 돌아다니고 있으니 그런
녀석들이 소란을 피우지 못하도록 말야."

"네… 네가 지금 소란을 일으켰잖아."

꿈틀거리며 반론하는 사람에게 나는 코웃음 쳤다.

"훗. 내가 소란을 일으키면 안 된다는 말은 없었으니까 괜찮
아."

"그런… 말도 안 되는 논리가…!"

"논리와 수단은 둘째치고!

너희들이 말썽을 일으키는 건 일단 막았으니까 됐어!

―그러니까.

슬슬 털어놓으시지?

너희들을 고용한 게 누구인지."

"싫다고… 한다면…?"

"버스트 론도[爆煙舞]."

콰과과과과과과광!

"이렇게 돼.

어? 이봐, 듣고 있어?"

"듣고… 있어…."

"그래서 의뢰인은♡"

"서쪽의… 브란… 나으리…."

"흠흠! 협력 고마워!"

"저기… 이건 그… 뭐랄까…."

무언가 우물우물 말하는 케레스 대신관에게 나는 살랑살랑 손을 저었다.

"신경 쓰지 마세요! 이것도 다 신의 뜻이라 생각하면 신경 안 쓰일 거예요."

"어떤 신입니까? 그게…."

"뭐, 어쨌거나.

꽃을 바치고 싶다는 마음이 이해가 안 되는 바는 아니지만…

역시 외출은 삼가는 편이 좋아요.

지금처럼 당신을 발견한 건달들이 시비를 걸어와서 말썽이 일어날 수도 있으니까."

그렇게 말한 내 옆에서 가우리도 고개를 끄덕인다.

"맞아. 맞아.

신관장을 암살한 녀석이 누군지도 모르니까
여기저기 어슬렁거리다간 표적이 될지 모른다고."

움찔!

그 말에 주위의 공기가 얼어붙었다.
이… 이 마요네즈 대가리!
"아… 암살이라뇨?!"
케레스가 떨리는 목소리로 말했다.
"그럼…! 신관장님은 정말 누군가에게 살해당한 겁니까?!"
"음, 이 녀석이 그렇게 말하더군.
신관장의 방만 유독 심하게 탔다던가?
그렇지? 리나."
말하면서 내 머리를 툭툭 친다.
이…! 이…!
"그렇게 된 거니까 너무 나돌아 다니지 말도록 해."
"아… 알겠습니다!
루크 씨, 미리나 씨, 어서 갑시다!"
창백한 얼굴로 그렇게 말하더니 도망치듯 허겁지겁 사라진다.
"음, 조심하라고."
가우리는 그 뒷모습에 싱글벙글 손을 흔들었고….

퍼억!

"크헉!"

나의 풀 파워 돌려차기가 가우리의 등을 강타했다!

"무슨 짓이야! 리나?!"

"그건 내가 할 말이야아아아아아!

대체 무슨 소릴 지껄이는 거야! 가우리!"

"뭐…?"

미간을 좁히고 얼빠진 소리를 내는 가우리에게 나는 몸을 바짝 붙이고 소리를 죽였다.

"그러니까! 신관장이 암살되었다는 말을 어째서 태연하게 하는 거냐고!"

"뭐…? 하지만 그렇게 말해야 얌전히 돌아갈 거라 생각해서…."

"저기 말야!

세간에선 그 화재는 사고인지 암살인지 분명치 않은 걸로 되어 있다고!"

"분명해졌으니까 좋잖아."

"좋지 않아아아아!

아니, 분명해지는 것 자체는 결코 나쁜 일이 아니지만 지금 알려지면 좋지 않다고!"

"어째서?"

으아, 답답해, 이 새대가리!

"그러니까!

대립하고 있는 네 명의 대신관들은 그 화재가 사고일 가능성도 있었기에 지금까진 비교적 얌전히 있었지만…

만약 암살이라는 이야기가 퍼지면 다들 일제히 움직일 거야!

예를 들면 아까 만난 대신관 프란시스!

'역시 암살이었구나! 즉 정의는 나에게 있다!' 같은 묘한 생각을 해서 다른 세 사람을 공격할지도 모른다고!

그리고 무엇보다!

네 사람의 대신관 중 그 범인이 있을지도 모르잖아!

만약 그렇다면 자신이 범인이라는 게 밝혀지기 전에 틀림없이 움직일 거야!

어차피 살인이라는 게 들통 났으니 그 뒤로 몇 명을 죽이건 별 차이 없을 거라 생각해서 말야.

다른 세 사람을 해치우기 위해 본격적으로 움직일지도 모르고…

아니, 그보다 틀림없이 먼저 노릴 거야….

조사를 하고 있는 우리들을!"

"응."

"'응'이 아니야아아아아!

이렇게 된 이상 어쩔 수 없어.

조금 거친 방법을 쓰더라도 어떻게든 범인을 알아낼 수밖에.

적이 본격적으로 움직이기 전에 말야."

"그럼… 어떡하지?"

"일단 지금은… 행선지에 변경은 없어.

에어 로드(공룡왕(空龍王)) 발원을 모시는 서쪽 신전… 브란 대신관을 만나러 가자."

―물론 대응 방법은 예정과 꽤 달라지겠지만….

나는 속으로 슬쩍 그렇게 중얼거렸다.

하늘을 상징하는 흰색과 하늘색으로 칠한 궁전, 잘 손질한 넓은 정원.

서쪽 신전은 색을 제외하면 북쪽과 동쪽 신전과 완전히 같은 모양이었다.

참고로 방금 전 들른 동쪽 신전은 붉은색… 이라기보다는 벽돌색이었지만.

역시 최근 분위기가 어수선하기 때문인지 신전 근처에 참배자로 보이는 사람들의 모습은 없었지만…

북쪽과 동쪽 때와 다른 점은 신전 앞에 모여 있는 건달들의 모습도 보이지 않는다는 점이었다.

아마 조금 전 마을에서 내가 날려버린 녀석들이 본래 이곳을 지키고 있었으리라.

케레스 대신관이 매일 꽃을 바치러 간다는 걸 알고 시비를 걸러 갔다가 오히려 나에게 혼쭐이 났다고 해야 할까?

뭐, 어쨌거나 덕분에 안에 들어가기 쉬워진 것만은 분명하다.

나와 가우리는 현관문에 손을 대고 밀어젖혔고….

"욱…!"

동시에 작게 신음했다.

—그곳에는….

숨이 막힐 정도의 피 냄새가 가득했다.

2. 세렌티아. 증오의 불꽃이 타오를 때

─탓!

순간.

아무 말 없이 내달리는 가우리. 나도 아무것도 묻지 않고 뒤를 따랐다.

내부 구조는 오는 길에 방문했던 다른 두 분원과 완전히 똑같다.

다른 게 있다면… 통로에 나뒹굴고 있는 여러 구의 시체.

몇 사람의 신관과 그 배는 될 만한 건달들.

아마 자객들은 경비가 허술해진 틈을 타서 습격한 것이리라.

이윽고 모서리를 돌아 똑바로 뻗은 복도로 나오자,

그 정면에는 문 하나. 건물의 구조가 모두 똑같다면 그곳이 대신관의 개인실일 텐데….

그때.

"핫!"

발을 멈춘 가우리가 기합과 함께 검을 뽑아 허공을 베었다!

파직! 파직!

순간 무언가가 파열하는 듯한 작은 소리가 주위에 울려 퍼졌다.

뒤에 있던 나는 무슨 일이 일어났는지 보이지 않았지만 아마도 ….

쭉 뻗은 복도에 늘어선 기둥, 그리고 여기저기 널브러져 있는 시체.

그 기둥 뒤에서 천천히… 검은 모습이 나타났다.

암살자?! 아직 건물 안에 남아 있었나!

그것도 한 사람이 아니다. 기둥 뒤에서 나타난 건 도합 네 사람.

우리들의 접근을 눈치채고 기척을 죽인 채 몸을 숨기고 있다가 우리들의 허를 찌를 생각이었겠지만….

희미하게 생겨난 살기를 가우리가 놀라운 감각으로 포착하고 상대가 던진 단검 같은 걸 튕겨낸 것이리라.

—이 녀석들, 가능하면 생포해서 누구에게 고용되었는지를 캐묻고 싶은데.

—좋아. 그렇다면.

가우리는 검을 겨눈 채 조금씩 상대와의 간격을 좁히려 하고 있다. 나는 그 등… 옷자락을 꾹꾹 잡아당겼다.

"웬 놈들이냐?"

내 신호의 의미를 눈치챘는지 가우리는 발을 멈추고 암살자들에게 말을 걸었다.

"여기 녀석들을 죽인 게 너희들이냐? 대신관은 어떻게 됐지?!"

—물론 놈들이 프로 암살자라면 그런 물음에 대답할 리 없다. 어리석은 가우리의 질문에 그저 작게 코웃음을 칠 뿐.

―허나 비록 그 질문이 어리석다고 해도 시간을 벌기 위한 것이라면 이야기는 다르다! 나는 그동안 외웠던 주문을 쏘았다!

"슬리핑!"

"아닛…?!"

암살자들의 입에서 경악에 찬 목소리가 흘러나왔다.

이름 그대로 일정 범위 안에 있는 사람들을 잠재우는 술법이다. 가우리가 간격을 좁히려 했을 때 제지한 건 이걸로 상대를 잠재워서 붙잡을 생각이었기 때문이다.

"큭….

"음….

암살자 차림의 두 사람이 신음하며 쓰러졌다.

나머지 두 사람에겐… 통하지 않은 건가?!

그러고 보니 이 술법은 극도로 긴장하고 있는 상대에겐 효과가 약하다는 이야기를 들은 적이 있는데….

나머지 두 사람 중 한 명이 큼직한 단검을 들고 가우리를 향해 돌진했다!

그리고 다른 한쪽은 쓰러진 동료들에게!

깨워서 함께 공격할 생각인가? 그러나 이 술법에 의해 한번 잠에 **빠지면** 어지간해선 깨어나지 못한다.

돌진한 녀석을 가우리가 검으로 공격한다!

받아치기 위해 암살자가 들고 있는 단검이 포물선을 그린다!

그리고.

칼날과 칼날이 부딪치기 직전, 암살자는 왼손으로 또 한 자루의 단검을 뽑아 들었다!

오른손 단검으로 상대의 검을 막아내고 움직임이 멈춘 그 한순간에 왼손 단검으로 공격하려는 전법인가!

그러나!

파악!

가우리의 일격은 막아낸 단검과 함께 암살자를 베어버렸다!

머리는 둘째치고 검 실력에 관해선 가우리는 그야말로 엄청난 천재.

게다가 그가 지금 들고 있는 검.

그것은 엄청난 예리함을 자랑하는, 전설 속에 그 이름이 나오는 블래스트 소드[斬如劍]!

가우리의 실력과 블래스트 소드. 두 개의 힘을 합치면 이 정도는 놀랄 일조차 아니다.

암살자는 소리조차 남기지 못한 채 쓰러졌고 이로써 남은 건 앞으로 세 사람.

─이라고 생각한 그 찰나.

콰앙!

격렬한 폭음이 울려 퍼졌다.

암살자 한 사람이 복도 벽에 손을 대고…

그곳을 폭파한 것이다.

아마도 공격 주문… 블래스트 웨이브[黑魔波動] 같은 걸 쓴 것이리라.

그대로 뚫린 벽을 통해 바깥으로 뛰쳐나간다.

이상한 일이다. 방금 녀석은 분명 내가 술법으로 재운 동료 쪽으로 달려갔는데….

설마?!

황급히 그쪽으로 달려가보니… 잠들어 있던 암살자 두 사람은 목이 베여 있었다.

이 녀석…!

방금 도망친 녀석이 쓰러진 두 사람에게 달려간 건 깨우기 위해서가 아니라 영원히 잠재우기 위해서였던 것이다.

칠칠치 못한 동료들의 입을 봉하기 위해.

이 수법은… 어지간한 프로든지 아니면 살인마의 것이다.

"리나!"

달려오는 가우리에게 나는 고개를 젓고,

"틀렸어. 방금 도망친 녀석에게 살해당했어."

"뒤쫓을까?"

"아니…. 아마 소용없을 거야.

그보다 일단 방 안을 확인해보자.

결과는… 안 봐도 뻔하지만 말야."

—그리고… 내 예상대로.

방 안에는 몇 사람의 용병에 섞여서 신관 로브를 걸친 남자가 죽어 있었다.

─서쪽의 대신관 브란 콘크닐.

마을은 발칵 뒤집혔다.

당연한 일이다.

누군가가 고용한 암살자에게 대신관 중에 한 사람이 살해당한 것이다.

이 이상은 없을 만큼 분명한 살인이다.

그리고 그 사실은 '신관장은 화재로 위장되어 살해당했다'는 소문에 한층 신빙성을 가져다주었다.

죽은 암살자들의 신원은 결국 밝혀지지 않았고 그들을 고용한 사람이 누구인지도 역시 알지 못한 채 끝났다.

당연히 나와 가우리는 관리들의 질문 공세에 시달렸다.

그러나 다행히 마법사 협회가 신원을 증명해준 덕분에 그날로 해방될 수 있었다.

─다만 사건이 해결될 때까지는 마을을 떠나지 못한다는 조건 부였지만.

이리하여.

두 사람이 남쪽 대신관 라이언 세인포트를 방문한 건 사건이 일어난 다음 날이었다.

"너희들이냐? 어제 사건을 맨 처음 목격했다는 녀석들이!"

만나서 자기소개를 제대로 끝마치기도 전에.

그는 매우 고압적인 어조로 쏘아붙였다.

나이는 40대 전후. 갈색 머리카락에는 흰 머리카락도 꽤 섞여 있다.

체격도 좋고 저음에 꽤 거친 목소리.

침착한 말투로 설교라도 한다면 위엄 있는 종교인이라는 느낌이 들지도 모르겠지만, 측근 용병 열 사람 정도를 주위에 거느린 채 의자에 떡 버티고 앉아서 다짜고짜 호통부터 치는 그 모습은 그저 성미 급한 아저씨에 지나지 않는다.

"설마 마법사 협회의 중재역으로 위장한 암살자는 아니겠지?!"

—만약 그가 배후가 아니라면 동료 한 사람이 살해되어서 신경이 꽤 예민해져 있을 것이다.

의심이 많아지는 것도 무리는 아니다.

—그러나.

알고는 있어도 역시 화가 나는 건 화가 나는 법.

나는 고개를 끄덕였다.

"흠, 확실히 당신 성격이라면 어느 누군가가 원한을 품고 암살자를 보낸다 해도 이상하지는 않겠네요."

"뭐라고?!"

"뭐, 일단은 안심하시길. 저희들은 아니니까요.

당신 따위를 어떻게 할 생각은 전혀 없어요."

"이봐. 리나…."

나의 도발에 옆에 서 있던 가우리가 어이없다는 말투로 중얼거렸지만 일단 그쪽은 무시.

라이언 대신관은 분노로 얼굴을 붉게 물들였다.

"방금 당신 따위라고 했나…? 이런 무례한…!"

"아, 개의치 마세요.

처음 대면하는 사람을 느닷없이 암살자라 싸잡아 부른 무례에 비하면 '따위'로 부르는 건 전혀 무례가 아니니까요."

싱글벙글하는 얼굴로 말해준다.

"큭…!"

"어쨌거나."

여전히 무언가를 말하려는 그의 말을 차단하고 나는 딱 잘라 말했다.

"불안한 건 알겠지만 모쪼록 경솔한 행동은 마시길.

아니면 당신을 범인이라 생각하는 사람도 생길 수 있으니까요.

그것만은 잊지 마시도록.

그럼 저희들은 이만."

"으…!"

일방적으로 쏘아붙이고, 여전히 무언가를 말하려고 하는 라이언과 살기를 내뿜는 용병들에게 빙글 등을 돌리고 나는 방을 뒤로 했다.

"이봐… 괜찮겠어? 리나…. 그런 소릴 해도…."

출구로 향하면서 가우리가 목소리를 죽여 말했다.

"괜찮아.

그가 만약 범인이 아니라면 방금 일을 계기로, 다른 대신관이 아니라 우리들 쪽으로 분노의 화살을 돌릴 테니까 아마 움직이지 않을 거고,

반대로 그가 범인이라면 다른 대신관들보다 우리들을 먼저 노릴 거야.

그렇게 되면 그 녀석들을 해치우고 사건을 해결하는 거지."

"그렇구나. 단순히 열받아서 한 소리는 아니었네."

움찔.

"훗. 당연하지.

다 생각이 있어서 한 소리라고."

"방금의 '훗'은 왠지 좀 수상한데…?"

"기분 탓이야!"

그렇게 말하면서 건물을 나왔을 때….

"여."

그곳에서 우리들을 기다리고 있는 건 낯익은 두 사람이었다.

"루크, 미리나!"

주위를 대충 둘러보았지만 케레스 대신관의 모습은 없다.

우리들은 두 사람 쪽으로 다가갔다.

"무슨 일이야? 케레스 대신관은 없는 것 같은데….

설마 미리나를 유혹하려던 대신관을 루크가 때려눕혀서 경비 일에서 잘린 거야?"

"있을 법한 이야기이지만 아니야."

그 말에 미리나가 조용한 어조로 말했다.

"그 케레스 대신관의 의뢰로 왔어."

"의뢰?"

미간을 좁히고 묻는 나에게 이번엔 루크가,

"응.

어제 그런 사건이 있었잖아.

신관장까지 살해당했으니

한시라도 빨리 해결해야 하는데

암살이라는 사실을 간파하지 못한 관리들은 도움이 안 될 테고

너희들 두 사람만으론 버거울 것 같으니

너희들을 잘 아는 우리들더러 가서 도우라더군."

"아니… 그건 좋은데…

호위 쪽은 괜찮아?"

"음, 나도 그게 좀 걱정이지만…

뭐, 어제 사건 때문에 정규 병사들이 움직이기 시작했고…

본인도 좋다고 하니 괜찮지 않겠어?"

"흠…."

루크의 말에 나는 모호하게 맞장구를 쳤다.

문제는 케레스 대신관의 진의이다.

루크는 어제 일어난 사건 때문이라고 했지만 그 경우 보통은 자신의 경호를 강화하기 마련이다.

물론 정규 병사들이 호위에 추가되긴 했다. 실제로 지금 있는 이 남쪽 신전에서도 병사들의 모습이 확인되었다.

하지만 그 인원은 대충 보아도 고작 대여섯 명.

다른 신전에 파견된 병사들도 비슷한 숫자라고 하면 프로 암살자들을 상대로 안심할 수 있는 숫자는 아니다.

―물론 케레스 대신관이 사건에 분노해서 어서 해결되기를 바라고 있다는 호의적인 해석도 가능하다.

그러나 나쁘게 생각하면 마법사 협회의 중재역을 맡은 우리들에게 잘 보여서 나중에 개최될 신관장 결정 회의에서 자신에게 유리하게 하려는 수작일지도 모르고, 최악의 경우 그가 바로 범인이어서 우리들과 안면이 있는 루크와 미리나가 주위에 있는 게 거치적거려서 적당한 이유를 붙여서 우리들에게 떠넘겼다고 생각할 수도 있다.

―그러나 어쨌거나 지금은 뒤를 캔다 해도 별수 없고, 어쨌거나 인원이 늘어나면 뭐든 편리한 건 분명하다.

"알았어.

그럼 도움을 좀 받을게."

"응.

그럼 일단 어디부터 갈까?"

"일단은 역시 탐문부터겠지.

요 근방에 싸구려 여관들이 늘어선 수상한 곳부터!"

그 장소는 마을 남쪽에 있었다.

수상한 가게와 수상한 술집, 그리고 지저분한 주택 등이 어둑한 길에 처마를 맞대고 있는… 말 그대로 건달패들이 모이는 곳을 그림으로 그려놓은 듯한 장소였다.

남쪽 분원보다 더욱 남쪽으로 간 다운타운.

사원 도시로 불린다 해도 많은 사람이 생활하는 곳인 이상, 마을 어딘가에 반드시 이러한 곳은 존재한다.

상대는 프로 암살자이다.

그럼 그들이 몸을 숨기고 있는 곳은 아마 이 부근이리라.

—고용주의 입장에서는 암살자들이 평소에는 태연한 얼굴로 보통 용병들과 뒤섞여 호위를 하고 있는 쪽이 편할 것이다.

그편이 접촉도 쉽고 여차할 때 호위가 되기도 한다.

그러나 반대로 암살자의 입장에선 일시적인 고용주를 위해 자신의 얼굴을 드러낼 생각은 없을 것이다.

따라서 평소엔 어딘가에 잠복해 있다가 하루에 한 번 시각을 정해 고용주와 접촉하고 명령을 받고 있을 거라고 생각된다.

그렇다면 일단 그 장소를 찾아본다.

—뭐, 허점을 찔러서 마을 중심부에 있는 고급 호텔 같은 곳에 묵고 있을 가능성도 없지는 않지만 아무리 그래도 그건 꼬리가 잡히기 쉽다.

"자…

그럼 나와 가우리 두 사람과 루크와 미리나 두 사람으로 나뉘어서 탐문을… 할까 했는데…

아무래도 그럴 필요도 없을 것 같네."

"그래.

수고가 줄어들었다고 생각하면 괜찮군."

나의 중얼거림에 루크가 대답했다.

"여하튼.

그렇게 살기를 내뿜고 있으면 이제 기습 같은 건 불가능하니까 얌전히 나오지그래?"

나의 선언에 한순간 침묵이 흘렀고….

"들통 난 이상 어쩔 수 없지."

목소리와 함께 그늘에서 남자가 모습을 드러냈다.

한 사람… 두 사람….

이쪽 그늘에서. 그리고 저쪽 그늘에서.

하지만 우글우글 나타난 건 암살자들이 아니라 척 보아도 건달 풍의 녀석들. 숫자는 대략 십여 명.

"너희들이 얼쩡거리면 방해가 된다는 사람이 있어서 말야.

조금 혼 좀 나야겠다."

건달 두목 분위기로 뺨에 상처가 있는 남자가 말했다.

흐음….

잠깐 생각하고 나서 나는 속으로 작게 주문을 외우기 시작했다.

"헷. 참 멍청한 녀석도 있군."

루크는 코웃음을 쳤다.

"너희들 같은 잔챙이가 우리들을 상대할 수 있을 거라 생각하다니 말야."

"뭐라고?!"

두목의 얼굴이 분노로 물들었다.

"우리들을 얕보다니! 해치워라!"

"예!"

조무래기다운 소리를 내며 단숨에 이쪽으로 다가온다.

그 순간.

"딤 윈[魔風]!"

나는 외운 주문을 해방했다!

강풍을 만들어내는 술법으로 우산을 편 아이 정도라면 날려버릴 수 있을지 모르지만 살상 능력은 없다.

건달들을 향해서… 가 아니다. 쏜 방향은 머리 위쪽.

찰나.

콰아아아아아앙!

폭음과 흰 빛이 머리 위에서 생겨났다.

"아닛?!"

건달패들의 놀란 목소리.

물론 내가 쏜 주문이 폭발한 건 아니다.

나의 주문이 지붕 위에서 발사된 파이어 볼을 날려버려 공중에서 폭발해서 흩어진 것이다.

쏜 건 아마 틀림없이… 지붕 위에 몸을 숨기고 있는 암살자들.

우리들에게 자객을 보낸 사람은 아마 암살자들을 고용한 이번 사건의 범인일 터.

그럼 당연히 건달 녀석들이 떼로 덤빈다 해도 우리를 당해낼 수 없다는 사실은 알고 있을 것이다.

그럼에도 이런 조무래기들을 고용해서 습격했다.

그렇다면 이쪽은 단순한 미끼. 진짜 자객은 아마 암살자들. 주변 지붕 위와 건물 안에 몸을 숨긴 채 건달들이 내뿜는 강렬한 살기에 자신들의 억누른 살기를 숨기면서 공격한다.

그렇게 생각하고 나는 맞받아칠 주문을 외운 것인데… 아무래도 맞아떨어진 것 같다.

"에… 에잇! 쫄지 마라!

저런 주문 따윈 단순한 공갈이다!"

사태를 이해하지 못한 듯 그 폭발을 나의 주문으로 착각하고 건달 두목이 호통을 쳤다.

"예!"

고분고분 그 말을 믿고 다시 돌격을 시작하는 건달들!

에잇! 조금은 머리를 쓰란 말야.

진짜 자객은 틀림없이 이 녀석들이 죽건 말건 공격을 할 거다. 실제로 방금 파이어 볼도 내가 받아치지 않았다면 틀림없이 이 녀석들 역시 휘말렸을 것이다. 건달들은 그런 것조차 눈치채지 못한 채 우리들의 힘을 얕보고 아무런 생각 없이 돌진했다.

그곳에….

"프리즈 브리드[氷結彈]."

키이이이이잉!

미리나가 쏜 얼음의 주문이 명중해서 건달 몇 명이 눈 깜짝할 사이에 행동 불능 상태에 빠졌다.

그리고 가우리가 검을 뽑아 들고….

"핫!"

날카로운 기합과 함께 허공을 베었다.

팍팍팍팍!

"우와아아아아악!"

묘한 소리와 함께 건달 몇 명이 비명을 지르며 날아갔다.

―칼날 부분으로 벤 게 아니라 칼 등으로 때린 건가?

으음… 그런 무모한 짓을. 보통 검이라면 부러졌을 텐데.

뭐, 이런 녀석들을 상대로 가우리가 전력을 다해 블래스트 소드를 휘두르는 건 확실히 좀 심하다는 생각도 들지만.

루크도 덤벼오는 건달들을 검으로 가볍게 다루었고, 나도 다음 주문을 외우면서 쇼트 소드로 응전했다.

―분명히 말해 건달패들의 실력은 전사로선 하급 수준. 식은 죽 먹기랄까, 승부도 되지 않는다.

그러나… 우리들의 진짜 적은 이 녀석들이 아니다.

우리들과 건달들이 접촉한 그 순간.

―파앗.

무언가 튕기는 듯한 작은 소리가 머리 위에서 났다.

―역시 그렇게 나오는군!

나는 뒤쪽으로 도약해서 칼을 맞대고 있던 건달 1과 거리를 벌린 후 들고 있던 쇼트 소드를 머리 위… 조금 비스듬히 위쪽으로 집어 던졌다.

순간.

파직 파직 파직 파직!

마치 공간이 찢어지는 듯한 엄청난 소리가 머리 위에서 울려 퍼졌다!

무수한 빛이 내가 던진 쇼트 소드에 모여들어 그 밑에 있던 건달 1을 강타했다!

숨어 있던 암살자들은 첫 번째 파이어 볼이 나에게 막히자 이번에는 바람의 주문으로는 막을 수 없는 광범위형 뇌격 주문을 쏜 것이다.

다시 그것을 간파한 나는 검을 공중으로 집어 던져 피뢰침 대신으로 사용한 것이다.

뭐, 그 밑에 있었던 건달 1에겐 불행한 일이었지만.

"너 이 녀석! 묘한 술법을!"

다시 방금 그것을 내 술법으로 착각하고 으르렁대는 두목.

으아아아아아! 머리가 나쁜 것도 정도가 있지! 이제 그만 눈치 좀 채!

그때….

파앗!

근처 건물 창에서. 지붕에서.

여러 개의 검은 그림자가 전장에 내려섰다!

―나왔구나, 암살자!

역시 잇달아 술법이 막히자 참지 못하고 나타난 건가?

"뭐… 뭐냐?!

에잇! 상관없다! 함께 해치워버려라!"

사태를 전혀 이해하지 못하고 건달 두목이 다시 명령을 내렸다.

잠깐. 너 제정신이야?! 아무 생각도 없는 거 아냐?!

그리고… 혼전이 시작되었다.

"이얍!"

돌진한 건달의 검을 가볍게 피하고 균형을 잃은 몸 뒤쪽으로 돌아가서 뒤통수에 한 방.

"커헉."

이상한 소리를 내며 쓰러지자 그 목덜미를 잡아서 지탱하고, 발을 건 상태에서 몸을 반회전시킨다.

나는 그 손에서 미끄러져 떨어지는 쇼트 소드를 붙잡아서 아까 집어 던진 검 대신 사용할 생각이었다.

검을 잡아챈 순간.

시야에 검은 그림자가 질주했다!

암살자!

그 손이 이쪽을 향해 움직였다!

검이 두 개인가?!

그러나 그 순간.

"이 자식!"

동료의 복수를 하기 위해 다른 건달이 덤벼왔다!

우앗! 바보!

퍅! 퍅!

무딘 소리와 함께 건달은 몸을 떨더니 그 자리에 무너졌다.

암살자가 던진 나이프의 사선 위에 제 발로 뛰어들어 등에 맞은 것이다.

설마 이런 방해를 받을 거라고는 생각도 못 했는지 암살자의 움직임이 한순간 멈추었다.

그곳에….

"프리즈 애로!"

키이이이이잉!

나는 외운 주문을 해방했다!

그러나 과연 그쪽도 프로. 즉시 그 자리에서 물러나서 술법의 직격을 피하더니 건달들의 뒤로 돌아간다.

대신 그 옆에 있던 건달들 중 몇 명이 직격을 맞고 얼음덩어리가 되었다.

"아앗!"

"이 자식, 잘도!"

제각각 말하며 다시 덤벼드는 건달들.

에잇! 먼저 시비를 걸어온 쪽은 너희들이니까 불평하지 마!

이렇게 된 이상, 다들 한꺼번에 날려버린다!

굳게 결심하고 나는 속으로 주문을 외우기 시작했다.

그동안 다른 세 사람도 각자 싸우고 있었다.

가우리의 검이 건달들의 검을 동강 내고 암살자가 던진 나이프를 떨구었다. 적의 공격이 멈춘 순간을 이용해 한 사람, 또 한 사람씩 착실히 쓰러뜨린다.

루크도 건달의 검을 밀어내어 상대의 균형을 잃게 한 다음, 그 옆구리를 걷어차서 다가오는 다른 한 사람에게 밀쳐냈다.

"우앗!"

두 사람이 엉켜서 쓰러진 그곳에….

"다그 웨이브[地雷破]!"

콰아아아아아아앙!

공격 주문을 쏘아 한꺼번에 날려버린다.

순간 루크를 향해 암살자 하나가 달려들었고….

"죽어버려, 이 자식!"

그 암살자를 향해 건달이 덤벼들었다.

황급히 맞받아치는 암살자.

아마 양쪽의 고용주는 같겠지만 건달들은 암살자들이 동료라는 말은 듣지 못했을 것이다.

뭐, 그건 당연하다. 아무리 별 볼일 없는 녀석들이라고 해도 '너희들은 미끼에 불과하고 암살자가 위에서 공격 주문을 퍼부을 테니까 적과 함께 죽도록 해♡'라는 말을 듣고 고분고분 따를 리는 없다.

그러나 암살자들의 주문 공격이 나에게 막히고 난전이 된 탓에 이런 상황이 발생한 것이다.

미리나도 건달의 검을 튕겨낸 후….

"펠자레이드[螺光衝靈彈]!"

완성된 주문을 돌아보지도 않고 별안간 다른 방향을 향해 쏘았다!

그곳에는 다른 건달 뒤에 숨어서 다가오던 암살자가 하나.

자신의 움직임이 간파당했을 것이라고는 생각하지 못했는지 정통으로 얻어맞고 날아간다.

"야… 얕보지 마라아아아아!"

공격이 무산된 젊은 금발 건달이 엉거주춤한 자세로 다시 돌진하자 미리나는 다시 얼굴 높이에서 대충 검을 휘둘렀다.

"히이이익!"

건달은 황급히 주저앉았지만… 기세를 이기지 못하고 그대로 철퍽 앞으로 쓰러졌다.

그 여파로 검이 미리나의 옆구리를 스쳤지만 그녀는 아랑곳 않고….

"크흭!"

쓰러진 건달의 등을 짓밟은 채 다른 상대와 칼을 맞대었다.

그리고 나의 주문이 완성되었다.

"디밀아 윈!"

파아아아아아앙!

바람의 폭발이 건달 여러 명과 암살자 한 명을 날려버렸다!

좋아. 이걸로 숫자는 꽤 줄었다.

"이… 이 녀석들! 만만치 않다!"

건달 한 사람이 소리를 질렀다. 원 참. 그걸 이제 알았어?

싸움이 시작된 지 그리 오랜 시간이 지난 건 아니었지만 건달들의 숫자는 이미 반으로 줄었고 암살자들도 두 사람이 쓰러져서 남은 건 세 사람.

그때 건달 두목이 소리쳤다.

"이렇게 된 이상 더는 용서하지 않겠다! 죽을힘을 다해 싸운다!"

제정신이야? 보통은 도망치는 법이라고!

"예!"

기세 좋게 소리를 지르는 건달들…. 너희들도 그만해.

"으랏차아아아!"

기합 하나만은 우렁차게 건달 하나가 검을 겨누고 돌진했다. 나는 주문을 외우면서 쇼트 소드로….

―순간.

오싹.

등에 묘한 예감이 일었다.

나는 거의 반사적으로 크게 옆으로 뛰었다.

―촤악!

나부끼던 나의 망토가 찢어졌고….

파바밧!

작은 소리와 함께 나를 향해 돌진하던 남자가 몸을 떨더니 피를 뿜으며 그 자리에 나뒹굴었다.

―뭐야?!

누군가가 뒤에서 나이프를 던졌고 내가 피한 탓에 건달이 대신 맞았다.

상황으로 보아 그렇게 된 듯한데….

방금 전에 분명 나이프 따위는 날아오지 않았다.

바람의 공격 주문… 치곤 너무 날카롭다는 느낌이 드는데….

"조심해! 이상한 녀석이 섞여 있어!"

일단 나는 소리를 질러 모두에게 경고했다.

"이상한 녀석?!"

건달을 걷어차 쓰러뜨리고 루크가 물었다.

"무슨 소리야?!"

암살자 한 사람을 베어 쓰러뜨리면서 말하는 가우리.

그리고….

"결국 알아채고 말았군."

말한 사람은… 건달들 중 한 명이었다.

그 말을 신호로 전장의 움직임이 멈추었다.

"뭐…? 이봐…?"

"뭐야…? 어떻게 된 거야?"

건달들 중에도 당황한 얼굴로 중얼거리는 자들이 몇 명.

"시시한 연기는 이제 끝났다는 소리야."

말한 사람은 건달들의 두목이었다.

"연기… 라니, 무슨 소리야?! 이봐?!"

"알 필요… 없다."

목소리와 동시에 건달 여러 명이 움직였다!

파바바바밧!

"큭."

"커헉!"

움직이지 않았던 건달들 중 어떤 이는 목을, 어떤 이는 가슴을, 그리고 어떤 이는 옆구리를 칼에 찔려 피를 뿜으며 그 자리에 쓰러졌다.

동료라고 생각했던 녀석들로부터 갑자기 기습을 받은 것이다. 애당초 실력에 차이가 있었는데 기습까지 받았으니 당해낼 리 만무했다.

남은 건 건달… 아니, 건달인 척하던 세 사람과 암살자 차림의 두 사람.

"이게 어떻게 된 거지?!"

"건달들 속에 암살자가 섞여 있었던 거야!"

가우리의 말에 내가 대답했다.

이러쿵저러쿵 주절대면서 도망치지도 않고 무모하게 싸운 건 어떻게든 우리들의 허를 찌르기 위해서였을 것이다.

—그러나… 그렇다고는 해도 자신들을 향해 공격 주문을 퍼붓다니 정말 과감하기도 하지.

내가 그 공격을 막지 않았다면 어떻게 할 생각이었는지… 이 녀석들….

"들통 난 이상 어쩔 수 없지.

방해꾼들은 제거했고…

슬슬 서로 전력을 다해볼까?"

두목을 연기하던 뺨에 상처가 난 남자의 얼굴에서 표정이 슥 사라졌다.

단지 그것만으로도 3류 건달 두목의 얼굴에서 어둠에서 살아가는 자의 얼굴로 변했다.

—온다!

탓!

암살자들이 일제히 땅을 박찼다!

동시에 가우리도 돌진했다!

촤악!

엇갈리며 펼친 가우리의 일격을 암살자 한 명을 두 동강 냈다!

그리고….

"플래어 애로!"

루크와 미리나 두 사람이 동시에 쏜 술법이 나머지 네 사람에게 박혔다!

"커헉!"

직격을 맞고 비명과 함께 쓰러진 사람은 암살자 차림의 한 사람뿐.

나머지 세 사람은… 직격을 맞았으면서도 여전히 돌진한다!

효과가 없는 건가?

루크와 미리나 두 사람이 약간 동요했다.

그때….

"얍!"

그중 한 사람… 미리나에게 등을 밟혔던 금발이 왼손을 휘둘렀다. 검의 사정거리 밖이다.

즉시 미리나는 옆으로 뛰었고….

"큭…!"

그 두 팔이 얇게 베였다!

상대는 아무것도 던진 기색이 없었다. 설마… 바람의 충격파?!

그렇다면 이 녀석들은?!

"미리나!"

황급히 그쪽으로 달려가려는 루크의 진로를 다른 한 사람… 두목인 척하던 녀석이 막아섰다.

"못 간다."

"비켜라아아아!"

루크의 검을 자신의 검으로 막고….

별안간.

루크와 남자 사이에 불꽃의 창이 출현했다!

"윽?!"

허겁지겁 뒤로 물러서는 루크.

발사된 불꽃의 창을 간신히 목을 틀어 피한다!

나머지 한 사람은 내 쪽을 향해 돌진하더니 양손을 이상한 형태로 뻗었다.

어림없다!

나는 외운 주문을 해방했다!

"블래스트 애시[黑如陣]!"

콰앙!

상대의 진로 위에 생겨난 검은 허무가 그를 집어삼켰다!

외우고 있던 게 마침 이 주문이라서 다행이었다. 만약 파이어 볼 같은 주문이었다면….

가우리는 곧장 발길을 돌려 미리나를 도우러 달려갔다.

그러나 그가 그런 움직임을 보이자 미리나의 상대는 크게 뒤로 물러나서 가우리와 간격을 벌렸다.

"미안하지만 너와 접근전을 벌일 생각은 없어!"

남자가 가우리에게 말했다.

그리고 나의 주문에 가루가 된 녀석이 있던 곳을 돌아보더니,

"칫…! 그만큼 얕보지 말라고 했거늘!

조금 물러서라! 자이켈!"

금발 남자의 목소리에 루크와 대치하고 있던 남자가 뒤쪽으로 뛰어서 거리를 벌렸다.

"뭐야? 이 녀석들…."

"눈치 못 챘어?"

멍하니 중얼거리는 루크에게 나는 말했다.

"그리고 보니 왠지 전에도 싸운 기억이 있군. 이런 녀석들과."

본능이 기억하고 있는지 가우리는 말했다.

"그래….

가우리의 말대로 우리들은 이 녀석들과 같은 부류와 전에 싸운 적이 있어."

나는 말했다.

녀석들은 방금 루크와 미리나가 쏜 플레어 애로를 정통으로 맞았으면서도 전혀 상처를 입지 않았고 주문 영창도 없이 불꽃의 창을 만들어냈다.

이런 일을 할 수 있는 것은….

"반인반마."

예전 솔라리아라는 곳에….

망국을 부흥시키려는 야망에 불타는 한 남자가 있었다.

그 남자가 하고 있던 일은 아스트랄 사이드(정신세계)에서 불러낸 마족을 인간에게 빙의…… 아니, 융합시켜 강대한 마력을 가진 존재를 만들어내는 것이었다.

어지간한 공격마법은 통하지 않고 주문 영창도 없이 간단한 공격마법을 쓰는 존재.

레서 데몬의 마력과 인간의 지혜를 모두 가진 그들 중에는, 육체를 가진 자이면서도 공간을 이동하는 힘을 가진 녀석조차 있었다.

나는 그들을 멋대로 이렇게 불렀다.

반인반마라고.

미친 남자가 품은 야망은 우리 네 사람 플러스 알파의 활약으로 겨우 분쇄되었지만….

설마 그 잔당을 이런 곳에서 만나게 될 줄이야….

으음…. 서쪽 신전에서 슬리핑 주문이 듣지 않았던 건 잔뜩 긴장해서가 아니라 그 이전에 인간이 아니었기 때문이었나…?

이 녀석들이라면 파이어 볼을 얻어맞든, 번갯불이 터지든 그리 아프지도 않을 것이다.

위에서 동료가 공격 주문을 날리는 것도 결코 무모한 전법은 아니었던 것이다.

"반인반마…?

뭐, 어떻게 부르든 상관없겠지."

금발 남자가 웃음을 머금고 말했다.

"어찌 됐건 그때의 빚은 갚아줘야 하니까 말야."

"그때의 빚?"

그 말에 나는 미간을 좁혔다.

그때 솔라리아에서… 분명 그곳에 있던 모든 반인반마는 해치운 걸로 기억하는데….

"기억 못 하는 거냐?

그럼…

기억나게 해주지!"

말과 동시에 왼손을 휘둘렀다.

무언가를 집어 던진 건 아니다. 하지만….

순간 내 앞을 가우리가 막아서더니 오른손에 든 검을 휘둘렀다!

파직파직!

서쪽 신전에서 들은 것과 같은 무언가가 파열하는 듯한 소리.

―이건…?!

틀림없다. 남자는 왼손을 한 번 휘둘러 보이지 않는 충격파를 만들어서 칼날처럼 쏜 것이다.

확실히 솔라리아에서 이런 능력을 가진 반인반마와 싸운 적이 있다.

그러나….

"거짓말… 이지?"

"호오… 이제야 떠오른 모양이구나."

"하지만 녀석은 죽었을 텐데!"

"죽지 않았어.

배를 베여서 상반신과 하반신이 분리되었을 뿐.

내가 죽은 줄 알고 너희들이 어딘가로 가벼렸을 때까지는 말이야."

황당한 소리를 태연하게 지껄이고 있다.

그 상태에서 재생했다는 거야?!

"그러고 보니… 이 녀석들의 보스는 하반신이 잘린 후에도 멀쩡하게 둥실둥실 떠다녔었군."

암담한 어조로 루크가 말했다.

—그럼 역시… 이 녀석은….

"조드라는 이름이었던가…?"

"그래. 이제야 떠오른 거야?"

내 말에 조드는 씨익 미소를 지었다.

"우리들의 동료가 솔라리아에만 있었던 건 아냐. 거사를 위해 이곳저곳에 흩어져 있었지.

물론…

그전에 너희들에게 수뇌부가 파괴되고 말았지만….

덕분에 지금은 이런 일로 먹고살고 있다.

그 빚은 언젠가 전부 갚아줄 생각이야.

뭐, 오늘은 우리 편도 많이 줄어들었으니 그만 물러나겠지만."

"이봐, 이봐. 웃기지 말라고."

조드의 말에 루크는 코웃음을 쳤다.

"그 말을 듣고 우리가 얌전히 돌려보내줄 거라고 생각해? 응?"

당연하다면 당연한 그 의견을 조드는 코웃음으로 받아친다.

"이봐, 이봐, 이봐, 이봐. 그건 우리들이 도망치면 쫓아와서 해치우겠다는 의미야?

괜찮겠어?

뭐, 너야 괜찮겠지만

거기 있는 여자는 어쩔 거냐?"

—뭐?

"뭐라고?"

떨리는 목소리로 루크가 중얼거렸을 때.

털썩.

미리나가 그 자리에 무릎을 꿇었다.

—?!

"크하하하하하! 그럼 또 보자! 쫓아오고 싶으면 쫓아와라!"

조소를 남기고 몸을 돌리는 조드와 자이켈.

"미리나?!"

황급히 미리나의 곁으로 달려가는 루크.

원래부터 하얗던 그녀의 얼굴은 확실히 더욱 핏기를 잃은 상태였다.

역시 이래서야… 조드 일당을 뒤쫓고 있을 때가 아니다.

"방심… 했어."

그녀는 옆구리를 감싸 쥐며 말했다.

─그러고 보니….

건달로 변장한 조드가 미리나의 앞에서 쓰러졌을 때 조드의 검이 그녀의 옆구리를 스쳤는데….

─설마?!

"독… 이야."

식은땀을 흘리며 미리나는 말했다.

역시.

조드가 굳이 싸움을 멈추고 옛날이야기를 시작한 건 독이 도는 걸 기다리기 위해서였나…?

"잠깐만!"

나는 황급히 주문을 외운 후 미리나에게 한 손을 뻗고….

"디클리어리[麗淨和]."

해독 주문을 걸어보았다.

어떠한 독이라도 완전 중화… 하는 건 아니지만 시도해볼 가치는 있을 것이다. 이것이 효과가 있으면 좋으련만….

"어디까지나 응급 처치야. 서둘러 마법 의사에게 데려가야 해!"

"응!

─정신 차려! 미리나!"

말하면서 루크는 그녀를 업고 주문을 외운 후….

"레이 윙!"

바람의 주문으로 하늘을 날았다!

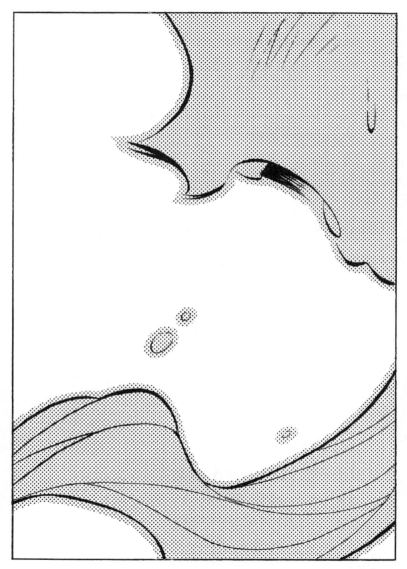

"의사가 없다고?"

우리들을 맞이한 여성의 말에 루크는 살기 가득한 목소리를 내질렀다.

마을 남쪽에 있는 마법 의사의 진료소에서 일어난 일이다.

"무슨 소리야?! 그게!"

"가… 각각의 사원에 가 있어요!"

루크의 기세에 압도되어 여성은 허겁지겁 말했다.

"이 마을의 마법 의사는 모두 사원에서 파견된 사람들인데……
이번 대신관들의 다툼 때문에 각각 어떤 이유로 분원에 불려가 있어요!

저는 가벼운 병에 걸린 사람에게 약초나 줄 뿐이라…."

"그럼 분원에 있다는 거지?"

말을 끝까지 듣지 않고 다시 루크는 달려갔다.

그 뒤에서 미리나는 약한 숨을 내쉬었다.

―역시 조드가 쓴 독은 평범한 해독 주문으로 없앨 수 있을 만큼 만만한 건 아니었던 모양이다.

"없을 리 없잖아!"

루크의 목소리는 이제 비명에 가까웠다.

마을 남쪽 어스 로드(지룡왕) 란고트를 받드는 신전.

독에 중독된 사람이 있으니 서둘러 마법 의사에게 안내해달라고 우리들이 부탁하자 일단 안으로 들어간 보초 용병의 대답은….

'그런 자는 이곳에 없다'였다.

"이곳에 있다고 해서 온 거야! 없을 리 없잖아!"

"나한테 그렇게 말해봤자 소용없어."

용병은 무시하는 듯한 미소조차 띠며 말한다.

"대신관님이 '없다'고 말씀하셨으니,

나로선 그 말을 믿을 수밖에 없잖아.

—아, 맞다

'북쪽에 고용되어 있으니 케레스에게 고쳐달라고 하면 되잖아'
라고 말씀하시더군.

뭐, 맞는 말씀이시지."

"이 자식…!"

"루크!"

나는 용병에게 덤벼들려는 루크를 제지했다.

"여기서 호통쳐봤자 소용없어. 이 녀석을 때려눕히고 마법 의
사를 끌어낼 수 있을지는 모르겠지만…

치료를 건성으로 할 우려가 있어.

—어떡할까?"

나의 물음에 루크는 한순간 침묵하더니….

"북쪽으로 가자."

바람이 분다.

창문 밖으로 보이는 푸른 나무들을 살랑살랑 흔들며.

온화한….

온화한 낮….

"둘만 있게… 해줄래요?"

북쪽 신전의 한 방에서.

침대에 누운 채.

미리나는 조용한 말투로 말했다.

아무 말 없이…

나와 가우리, 그리고 케레스 대신관은 발길을 돌려 방을 나갔다.

대신관의 그 얼굴에는 깊은 고뇌가 새겨져 있었다.

방금 전.

—어째서 이런 독을 완전히 치료하지 못하는 거지? 어째서 넌 리서렉션[復活]을 쓰지 못하는 거지?

그렇게 따지는 루크에게 케레스 대신관은 이렇게 말할 수밖에 없었다.

—죄송합니다.

단지 그것뿐.

방을 나와서 문을 닫을 때.

침대 위의 미리나가 그 손을 루크의 뺨으로 뻗는 모습이 보였다.

—다음에 그 방문을 열었을 때.

방에 루크의 모습은 없었고 열린 창에 쳐진 커튼만이 바람에 살랑거리고 있었다.

침대 위의 미리나는… 조용히 잠들어 있는 것처럼 보였다.

—루크가 모습을 감춘 지 이틀 정도의 시간이 지났다.

물론 그동안 우리들이 아무 일도 하지 않은 건 아니다.

도망친 조드와 자이켈의 행방을 찾아 이곳저곳 탐문을 계속했다.

놈들이 정직하게 본명을 밝히고 다닐 것으론 생각되지 않지만 두 사람의 얼굴은 봐두었으니 아직 수사는 하기 쉽다.

그리고 오늘 저녁이 되어서.

한 사람의 정보업자 이름이 나왔다.

—그 과정에서 건달을 몇이나 때려눕혔는지는 이제 기억도 안 나지만… 그런 건 이제 아무래도 좋다.

나와 가우리 두 사람은 그 정보업자가 사는 싸구려 아파트의 계단을 올라갔고….

"엇?!"

어둑어둑한 복도에 도착해서 두 사람은 동시에 발을 멈추었다.

여러 가지 냄새가 뒤섞여 있는 낡고 지저분한 복도.

그 여러 가지 냄새 속에 딱 하나 새로운 게 섞여 있었다.

흘린 지 얼마 안 된 피 냄새.

복도에 난 문 하나가 살짝 열려 있다.

그것은 우리들이 가려고 했던 정보업자의 방이었다.

ㅡ탓!

나와 가우리 두 사람은 동시에 방 안으로 뛰어들었다.

ㅡ안에는 피투성이가 된 남자가 한 명 뒹굴고 있었다.

문제의 정보업자이다.

온몸을 난도질당했지만 아직 숨은 붙어 있다.

"히… 히익…."

우리들의 모습을 확인하자 남자는 작게 소리를 질렀다.

"이제… 이제… 그만해….

말했잖아. 어디에 있는지…."

ㅡ!

그 순간.

나는 여기서 무슨 일이 일어났는지 깨달았다.

"조드와 자이켈이 있는 곳…

다시 한번 말해주실까?"

"그러니까… 큰길을 따라 동쪽으로 가면 나오는… 해화정이라
고… 말했잖아."

상대가 바뀐 것도 모른 채 남자는 거의 울면서 말했다.

"알았어. 사람을 불러줄게."

말하고 나서 나는 가우리와 함께 아래층으로 내려가서 관리인
아저씨에게 금화를 쥐여주며 의사를 부르도록 부탁한 후 정보업

자가 말한 장소로 향했다.

"어떻게 된 거야? 리나."

"루크가 왔었어."

묻는 가우리에게 나는 굳은 표정으로 대답했다.

그가 모습을 감춘 건 틀림없이 복수를 위해.

그도 지난 이틀간 정보를 수집해서 우리들보다 한발 앞서 방금 그 정보업자를 찾아냈을 것이다.

어쨌거나 지금은 그 해화정이라는 곳을….

찾을 필요는 없었다.

콰아아아아아앙!

돌연.

소리와 빛이 터지면서 우리들 앞에 있던 건물 한 채가 폭발했다.

저곳인가?

서둘러 달려가는 우리들.

놀란 이웃 사람들이 주위에서 얼굴을 내민다.

건물은 불꽃을 뿜으면서 타올랐고 그 앞길에는 불붙은 목재 파편에 섞여 파도와 꽃이 조각된 싸구려 청동 간판이 떨어져 있었다.

역시 이곳이…. 그렇다면….

"저쪽이야!"

말하고 나서 가우리가 달려갔다.

주위 사람들의 놀라움과 공포. 조바심과 비명. 불꽃의 열기와 폭발 소리.

여러 가지 감정과 소리가 혼란과 뒤섞인 가운데 단 하나, 이질적인 감정이 나에게도 분명히 느껴질 만큼 어느 방향에서 흘러나오고 있었다.

다시 말해… 증오.

아마 그곳이 바로….

증오의 근원. 루크가 있는 곳.

그곳은 타오르는 불꽃의 뒤쪽.

싸움은 아무래도 지금 여관 뒤쪽에서 벌어지고 있는 듯했다.

가우리는 길을 빙 돌아 뒷골목으로 들어갔다.

좁은 길을 빠져나가자 별안간 넓은 장소가 나왔다.

조잡하게 늘어선 건물 사이에 뻥 뚫린 장소.

바로 옆으로 타오르는 여관이 보인다.

그곳에는… 무언가가 떨어져 있었다.

긴 것. 짧은 것. 큰 덩어리. 둥근 것.

"!"

나와 가우리는 할 말을 잃고 멈춰 섰다.

—그것은… 틀림없이 인간의 몸 조각이었다.

뒹굴고 있는 둥근 것의 뺨에는 상처 자국이 있다.

—자이켈.

그것이 누구인지 확인했을 때.

"크아아아아아아아아악!"

절규와 함께 광장 한구석에 무언가가 툭 떨어졌다.

—다리.

"?!"

나와 가우리가 시선을 위로 올렸다.

광장에 접한 건물 옥상 위.

타오르는 불꽃을 배경으로 그것이 있었다.

검은 실루엣으로 변해서.

주저앉아서 한 손으로 무언가를 안은 채 다른 한 손을 움직이고 있다.

쥔 칼날이 오렌지색으로 번뜩였고….

"크아아아아아아악!"

안겨 있던 것이 몸을 떨면서 절규를 내질렀다.

—툭.

그리고 무언가가 광장으로 떨어졌다.

떨어진 게 무엇인지 이제 확인할 생각조차 들지 않는다.

"누구야?"

안고 있던 사람이 손을 움직이면서 조용히 물었다.

루크의 목소리로.

"널 고용한 게 누구야?"

"그… 그러니까… 아까부터… 말했잖아…!

동쪽의… 프란시스….”

“잘 안 들리는데?”

온화한 목소리로 그렇게 말하고 루크는 다시 손을 움직였다.

그리고… 조드의 비명.

“누구야? 널 고용한 건.”

“이… 이제 그만해….”

“이봐, 이봐. 질문에 대답해야지.”

그리고 다시… 검의 번뜩임과 조드의 절규.

꽤 작아진 조드는 희미하게 몸부림치더니,

“프란시스야! 프란시스. 프란시스라고. 프란시스. 이제 그만해.

그만해. 그만해애애애!”

“너… 조금 시끄러워.”

말하고 나서 루크는 그 손을….

“루우우우우우우우우우우크!”

나는 그제야 소리를 질렀다.

긴 경직에서 벗어나.

느릿하게….

그는 돌아보았다.

우리들 쪽을.

그 눈동자에는 조용한 광채가 어려 있었다.

“어, 너희들인가.

신경 쓰지 마.

금방 끝낼 테니까."

잡담이라도 하는 듯한 어조로 그렇게 말하고….

오른손을 움직였다.

"그… 그만해. 그만, 그만…."

촤악.

젖은 듯한 작은 소리를 내며.

조드였던 것은 그 후로 아무 말도 못 하게 되었다.

"이쯤 해두면…

아무리 너라도 죽었겠지? 응?"

—느릿하게….

그는 옥상에서 일어나서 손에 든 파편을 타오르는 불꽃 속으로
집어 던졌다.

"잠깐 결판을 내고 올게.

가능하면 너희들은… 이 마을에서 떠나줘.

나의 이런 면은… 별로 너희들에게 보이고 싶지 않으니까."

말이 끝나자마자 몸을 돌려 지붕 저편으로 모습을 감춘다.

—쫓아갈 수 없었다.

아니, 움직일 수조차 없었다.

루크의 슬픔은 그 정도까지 깊은 것이었던가?

사람의 마음속에는 이 정도의 증오가 잠들어 있는 것인가?

슬픈 건지, 두려운 건지 스스로도 잘 알 수 없다.

—토할 것 같다….

"리나…."

가우리가 말했다.

조용한 어조로.

"리나…

괜찮아?"

─괜찮아.

대답 대신 오열이 흘러나올 것 같다.

나는 작게 고개를 저었다.

"막아야 해,

루크를…."

"알고 있어."

가우리의 말에 겨우 목소리가 나왔다.

그리고 나와 가우리는 발길을 돌려 달려갔다.

동쪽 신전을 향해.

루크를 말리기 위해서.

3. 땅거미 속에 신관들의 피가 흐르고…

석양에 우뚝 선 브라바자드의 신전은 피 색깔과 비슷한 광채를 내뿜고 있었다.

전에 왔을 때와 마찬가지로 건물 앞에는 건달들이 모여 있다.

—아무래도 아직 소란은 일어나지 않은 모양이다.

나와 가우리 두 사람은 똑바로 그 현관으로 나아갔다.

"이봐. 잠깐, 너희들!

아… 협회에서 고용한 녀석인가? 무슨 용건…

아, 거기 서!"

발걸음을 늦추지 않는 우리들에게 한 건달이 소리쳤다.

나는 그쪽을 힐끗 쳐다보았다.

"누군가 프란시스 대신관의 목숨을 노리고 있어.

만나게 해줘."

"뭐?!"

할 말을 잃은 건달을 뒤로하고 분원 안으로 들어간다.

건물 구조는 알고 있다. 우리들은 똑바로 대신관의 개인실로 향했고…

—콰당!

문을 크게 열어젖혔다.

방에 있는 사람은 프란시스 대신관과 용병으로 보이는 남자 네 명.

"아닛?!"

대신관은 의자에서 일어났고 용병들도 술렁거렸다.

"무슨 일이냐? 갑자기! 대체 무슨….'

"조드와 자이켈이 죽었어."

모두 다 말하지 않고 나는 그것만 잘라 말했다.

—그것만으로 프란시스의 움직임이 얼어붙었다.

"그게 무슨 의미인지…

알지?"

"아….'

떨리는 목소리로 중얼거리고.

프란시스는 다시 의자에 파묻히듯 앉았다.

—상황을 이해하지 못한 용병들은 칼자루에 손을 가져간 채 어안이 벙벙한 시선을 서로 나눌 뿐.

"나….'

프란시스는 한심한 표정으로 약하게 고개를 저었다.

"나는… 잘못한 거 없어."

"까불지 마!"

움찔!

가우리의 일갈에 프란시스가 작게 몸을 떨었다.

용병들의 손에 약간 힘이 들어갔다.

허나….

"몇 사람이나 죽었는지 알아?!

네가 고용한 암살자가 몇 사람이나 죽였다고 생각해?!"

그 말에 용병들의 움직임이 멈추었다.

—당연한 일이다.

프란시스가 암살자를 고용했다는 이야기는 듣지 못했을 테니까.

"요슈아 신관장을 화재로 위장해서 태워 죽인 것도 너지?"

"아냐…. 아니야…. 아니라고…. 들어줘…."

내 물음에 그는 양손으로 머리를 감싸 쥔 채 고개를 저으며 약한 목소리로 말했다.

"계시가… 있었어."

"뭐?"

무심코 미간을 좁히는 나.

계시라고…? 대체 무슨 소리를 하려는 거야?

"요슈아 신관장님이… 화재로 돌아가신 후…,

난… 마음의 의지처를 잃고 말았어….

왜 그처럼 훌륭하신 분이… 왜 화재 따위로….

나는 기도했어…. 신에게… 쉬피드 님에게…, 브라바자드 님에게….

그리고 그날 밤…

목소리가 들려왔지."

"목소리…?"

"계속 기도하고 있는 나의 귀에…

그래… 그건 분명히 신의 목소리였어….

신관장님의 죽음은 사고 따위가 아니고… 사악한 마음을 가진 자에 의한 암살이라고….

그리고 그자는 이 마을이 혼란에 빠지는 걸 바라고 있으며

나 역시 노리고 있다고.

몸을 지키려면 힘이 필요하니

힘을 모으라고.

들렸단 말이야! 신의 목소리가!"

"그런 헛소리를…!"

나의 중얼거림이 들렸는지 들리지 않는지.

개의치 않고 그는 이야기를 계속했다.

"그래서 나는… 사람을 고용했어….

만약 신관장을 죽인 녀석이 다른 세 대신관 중에 있다면, 그 녀석에게 들으라고 선언할 작정이었다고.

나는 네가 한 짓을 알고 있고 너에게 안 진다, 언젠가 반드시 너의 죄를 폭로해버리겠다는 의지를 보여주기 위해서 말야.

처음 고용한 녀석들은 힘만 세고 활기만 넘치는 녀석들이었어.

허나…

다른 대신관들도 사람을 고용하기 시작했지….

어쩔 수 없이 나도 용병을 고용했어.

녀석들 중에 신관장님을 죽인 녀석이 있다면 힘에서 밀릴 수는 없었으니까….

그리고 다른 대신관들도 용병을 고용했고…

나는… 마침내…

조드라는 이름의 암살자를 고용하고 말았어….”

말하는 프란시스의 표정에는 후회와 고뇌의 기색이 짙었다.

“그리고…

서쪽 대신관 브란을 암살하라 명한 거지?”

“아니야!”

나의 말에 고개를 들고 프란시스는 언성을 높였다.

“나는 명령 따윈 하지 않았어!

내가 녀석들에게 명령한 건 다른 대신관들의 움직임을 봉하는 것, 놈들이 고용한 용병들을 혼내주고 이번 일에서 손을 떼도록 하는 것뿐이었다고!

그 녀석이…

조드라는 녀석이 멋대로 한 짓이야!”

“그런 변명이 통할 거라 생각해?”

“사실이야!”

그는 언성을 높였다.

“브란 사건이 일어나기 며칠 전…

정기 보고를 하러 온 녀석은 묘하게 기분이 좋아 보였어.

무슨 일이냐고 물으니… 아는 얼굴을 만났고 앞으로 즐거워질 것 같다고 했는데….

설마… 그런 짓을….”

아는 얼굴…?

설마?!

브란 대신관 암살 사건이 일어나기 며칠 전… 이라면 마침 우리들이 이 마을에 찾아왔을 무렵.

교외에서 용병과 암살자와의 싸움을 목격했을 때이다.

만약 그 녀석이 조드였다면….

“브란을 습격한 건 여러 명의 암살자라고 들었어….

그러나 내가 고용한 건 조드뿐이야…!

난 다른 누군가의 소행인 줄 알았어….

그러나 그날 밤…!

조드 녀석이 웃으면서 말하더군….

이게 네가 바라던 거지…? 그래서 일부러 동료들을 모아 왔다고 말야….

아니야!

나는…

나는 그런 일은 바라지 않았어!

나는 그저…!”

말하고 나서 양손으로 얼굴을 가렸다.

그렇게… 된 거였군….

아마 조드는 우리들의 얼굴을 보고… 그 자리에선 이길 수 없을 거라 판단해서 바로 퇴각했다.

그러나 퇴각은 했지만 복수심이 사라진 건 아니다.

그리하여 조드는 프란시스의 명령도 없는데 동료들을 모아서 폭주하기 시작한 게 아닐까…?

우리들을 싸움의 무대로 끌어들이기 위해.

그리고 미리나가….

"나는… 명령 따윈 안 했어…."

얼굴을 가린 채 신음하며 프란시스는 작은 목소리로 그렇게 중얼거렸다.

자기 자신을 타이르듯.

"나는… 브란의 죽음 따윈 바라지 않았어….

나는 잘못이 없어…."

"그럼 계속 그렇게 생각하고 있어라."

목소리가 났다.

갑자기.

루크의 목소리가.

그 순간.

파앗!

프란시스의 전신이 어둠에 감싸였다!

"?!"

무슨 일이 일어났는지 한순간 아무도 알지 못했다.

전원이 경직한 찰나.

코르릉!

엄청난 소음이 울려 퍼졌고….

"으아아아아아아아악!"

프란시스의 비명이 울려 퍼졌다!

사태를 이해하지 못하고 멍하니 서 있는 나.

루크가 프란시스를 습격했다는 것은… 알 수 있다.

그러나…… 어둠이 프란시스를 집어삼키고 무언가가 부서지는 소리가….

―그렇구나!

"루크!"

나는 외치고 달려갔다! 책상을 뛰어넘어 아직 그 자리에 엉겨 있는 어둠 속으로!

"리나!"

황급히 뒤를 따라오는 가우리.

그리고 나는 어둠 속으로 돌진해서…

그대로 통과했다.

―그곳은 오렌지빛의 세계였다.

잘 손질된 정원수, 쭉 뻗은 석조 타일, 작은 분수, 우뚝 서 있는 석상….

그것들 모두가 꼭두서닛빛으로 물들어 있었다.

"리나…! 이곳은…?"

내 뒤를 따라 벽에 뚫린 구멍을 기어 나온 가우리가 주위 경치를 둘러보고 중얼거렸다.

"아마 안뜰일 거야."

나는 말했다.

대신관의 개인실은 이 안뜰과 접해 있었던 것이다.

주위에는 경호하는 사람들과 신관들이 몇 사람 쓰러져 있다. 기절한 건지… 아니면 목숨까지 잃은 건지는 알 수 없다.

나는 그제야 아까 무슨 일이 일어났는지를 이해했다.

―다크 미스트[黑霧炎]라는 술법이 있다.

검은 안개로 일정 범위를 감싸서 시야를 차단하는 주문이다.

루크는 벽 반대쪽에서 이것을 써서 프란시스를 검은 안개 속에 가두고 우리들이 사태를 이해하기도 전에 다른 주문으로 벽을 부수고 프란시스를 그곳에서 데려간 것이다.

그리고….

붉은 석양을 등진 채 루크와 프란시스는 옥외 복도를 덮고 있는 아치 모양의 지붕 위에 있었다.

"쫓아왔군, 역시….

너희들이라면… 쫓아올 거라 생각했지만."

쓴웃음이 섞인 목소리로 루크는 말했다.

그 얼굴은… 그늘져 있어서 잘 보이지 않는다.

그의 품에 안겨 있는 프란시스는 지금은 축 늘어져 있었다.

"루크! 그만둬!

그 사람은 단순히 조드를 고용했을 뿐이야!

아무런 명령도 내리지 않았다고!"

"그래. 알고 있어.

벽 너머로 들었으니까.

사정은 대충 알았어….

그래서 이 녀석은…

조드 녀석과는 달리 고통 없이 죽였지."

뭐…?!

—주르륵.

그 손에서 프란시스의 몸이 미끄러지더니… 지붕 끝을 타고 털썩 땅에 떨어졌다.

"옛날…."

루크는 말했다.

아련한 목소리로.

"나도 했던 적이 있어….

사람을 죽여서 돈을 버는 일을….

미리나를 만난 이후로는… 덕분에 손을 씻었는데…

그걸 떠올리게 하다니,

제기랄…."

"이제… 됐어, 루크…."

나는 말했다.

"아니… 아직이야."

그리고 그는 조용히 고개를 저었다.

"루크!"

"되도록 방해하지 말아줘….

뭐, 이렇게 말해도 무리겠지…….

너희들은 꽤 참견을 잘하니까…."

"넌 잘못을 저지르고 있어!"

"이게 옳은 일이라고는… 나도 생각지 않아….

이런다고… 미리나 녀석이 기뻐할 거라고도 생각하지 않아….

다만… 이렇게라도 하지 않으면…."

그렇게 말하고 루크는 말을 중단했다.

잠시 동안의 침묵을… 황혼녘에 부는 바람이 메웠고….

"무… 무슨 일이야?!"

"찾았다! 저기다!"

뒤에서 들려온 건 그제야 벽 구멍에서 기어 나온 용병들의 목소리였다.

그것을 신호로 루크가 발길을 돌렸다.

"루크!"

내 목소리에 그는 고개만 돌려로 돌아보더니,

"이제 얼마 안 남았어. 말리지 말아줘….

다음은… 남쪽이야."

말이 끝나자마자 지붕을 타고 달려갔다.

"에잇! 쫓아라!"

"서라. 이 녀석!"

황급히 뒤를 쫓는 용병들.

그리고 나는… 가만히 그 자리에 멈춰 서 있었다.

"리나! 쫓아가자!"

가우리의 재촉에도… 나는 움직이지 않았다.

"리나!"

"말리지 말라고…."

한숨을 쉬듯….

나는 말했다.

"루크가 말했어.

말리지 말라고…."

"리나."

가우리는 내 앞쪽으로 돌아가서 양쪽 어깨를 잡더니,

"너답지 않아… 리나.

대체 무슨 소릴 들은 거야?

내 귀에는 방금 루크의 말이…

'날 막아줘'로 들렸는데."

―아.

나는 무심코 작게 숨을 삼켰다.

―그래….

다음은 남쪽….

루크는 그렇게 말했다.

그러나 정말로 방해받고 싶지 않았다면 그런 말을 했을까?

알아들었다는 듯한 얼굴로 일단 몸을 뺐다가 우리가 방심하고 있을 때 상대를 습격하면 제지당할 일은 없다.

그럼에도 일부러 예고를 했다는 것은….

"그렇구나…."

나는 작게 고개를 끄덕였다.

루크는 지금 두 개의 마음 사이에서 흔들리고 있을 것이다.

미리나에게서 얻은 평온한 마음과…

미리나를 빼앗긴 것에 의해 휘몰아친 격렬한 증오….

그 사이에서.

"가자, 가우리."

"응."

나는 증폭 주문에 이어 주문을 외우고….

"레이 윙!"

가우리를 안고서 고속 비행 술법으로 하늘을 날아올랐다.

목적지는… 남쪽 신전. 라이언 대신관이 있는 곳.

저물어가는 하늘에 별이 반짝인다.

해는 이미 지평선 너머로 기울었고 서쪽 끝에 남아 있는 꼭두서 닛빛이 잠식하는 밤에 희미한 저항을 보이고 있을 뿐.

밤이… 온다.

나와 가우리 두 사람이 남쪽 분원에 도착한 건 그 무렵이었다.

관광 명소라는 색체가 강한 분원은 관광객의 발길이 끊긴 밤에는 입구를 닫아버린다.

이곳 남쪽 신전도 우리들이 도착했을 때엔 이미 현관문이 닫혀 있었다.

문 앞에는 정규 병사 한 명과 용병으로 보이는 남자 하나가 경비를 위해 서 있었다.

"마법사 협회의 리나 인버스와 가우리 가브리에프인데."

누군가가 말을 걸어오기 전에 내 쪽에서 이름을 밝히고 두 사람 쪽으로 다가갔다.

"무슨 용무냐?"

경계하는 시선으로 물어오는 병사에게,

"누군가가 라이언 대신관의 목숨을 노리고 있다는 정보가 들어왔어.

대신관을 만나게 해줘."

""뭐라고?""

내 말에 병사와 용병은 동시에 소리를 내질렀다.

용병의 얼굴은 완전히 핏기가 사라져서….

"아, 알았어…. 그럼 안내하…."

"잠깐!"

그것을 제지한 건 병사였다.

"그 이야기를 여기서 자세히 들려줄 수 있을까?"

"시간이 없어!"

"이야기 정도라면 이곳에서도 가능해! 왜 안으로 들어가고 싶어하지?!"

"당연히 경호하기 위해서지!"

"경호하는 자라면 이미 몇 명이 대신관 곁에 있어!"

―병사가 무슨 말을 하려는 건지는 안다.

즉 그는 우리들이 바로 라이언 대신관을 노리는 자객이 아닐까 의심하고 있는 것이다.

이런저런 이유를 대고 라이언 대신관에게 접근해서 위해를 가하려는 게 아닐까 하고.

확실히 사정을 잘 모르는 그로선 그렇게 의심하는 것도 무리는 아니다.

무리는 아니지만… 그렇다고 고분고분 물러날 수는 없다.

이러는 사이에도 루크는 시시각각 다가오고 있을 테니까.

나는 주위를 둘러보고 마법의 불로 현관 옆을 밝히고 있는 등에 시선을 고정했다.

높이는 내 키보다 조금 높고 손목 정도 굵기의 기둥 위에 컵을 안은 소녀의 동상.

그 잔 위에 마법의 불이 밝혀져 있다.

나는 그 등을 가리키고,

"가우리, 저걸 베어버려."

그 말에 따라 즉시 가우리가 검을 휘둘렀다!

캉!

주룩… 우당탕탕!

너무나 쉽게 청동 기둥은 비스듬히 베였고 등은 정원수 안으로 쓰러졌다.

물론 이런 일을 어지간한 실력과 검으로 할 수 있을 리 만무하다.

나는 다시 병사에게 눈길을 돌리고,

"만약 우리들이 대신관을 노리는 자객이라면 소리도 내지 않고 너희들을 죽일 수 있어.

그편이 훨씬 빠르고.

하지만 우리들에게 그럴 생각은 없어.

그게 무슨 뜻인지 조금만 생각해봐도 알 수 있겠지?

대신관을 노리는 녀석은 강해.

대신관을 경호하는 사람들이 방금 그가 한 일과 똑같이 할 수 있을 만큼 실력이 있다면 우리들이 갈 필요는 없지만… 만약 그렇지 않다면…

라이언 대신관은 살해되고 말아. 확실히.

—어떻게 할래?"

"아… 알았어…."

가우리의 검기에 압도되었는지 아니면 내 말을 이해했는지 병사는 고개를 끄덕였다.

"다… 다만 나도 함께 가겠어."

"마음대로 해.

—그럼 가볼까?"

말하고 나서 그 자리에 용병을 남기고 나와 가우리 두 사람은 병사의 안내로 신전 안으로 들어갔다.

주위에 용병들의 모습은 있지만 전에는 가끔 섞여 있던 신관들의 모습이 지금은 보이지 않는다.

"신관들이 안 보이는데…?"

"식사 시간이야.

이 시각엔 라이언 대신관은 개인실에서, 다른 신관들은 식당에서 식사를 하고 있을 거야."

내 중얼거림을 듣고 병사가 설명했다.

—그러고 보니 확실히 그런 시간이다.

그렇다면….

"서둘러!"

"아? 음…."

나의 재촉에 일동은 발걸음을 재촉해서 대신관의 개인실에 도달했다.

쾅당!

크게 문을 열어젖히자 그곳에는 병사와 용병 다섯 사람, 그리고 라이언 대신관.

대신관은 마침 요리를 찍은 포크를 입으로 가져가고 있던 참이었다.

"무… 무슨 일이냐?

너희들은 마법사 협회의…."

"라이언 대신관, 당신의 목숨을 노리는 자가 있어요."

"뭐…

뭐라고?!"

내 선언에 라이언과 용병들이 술렁거렸다.

"요리를 이미 드셨나요?"

"아니…. 지금부터 먹을 참이었는데…

설마…?!"

눈을 크게 뜨고 그는 포크를 내던졌다.

"독?!"

접시 위에 놓인 요리에 겁먹은 시선을 보낸다.

흰 살 생선 튀김에 따뜻한 야채샐러드. 빵과 수프.

신관장의 포크는 생선 튀김 한 조각에 꽂혀 있었다.

"일단 확인해볼게요."

말하고 나서 나는 접시를 들고 진지한 표정으로 각각의 요리를
한입씩.

"가우리… 이거…."

"응."

나 대신 가우리가 역시 요리를 한입씩.

라이언 대신관은 불안한 시선을 빤히 이쪽으로 보내고 있다.

"으음⋯."

나는 심각한 얼굴로,

"다행히⋯

요리에 이상은 없는 것 같군요."

―당연하다.

루크가 먼저 와서 요리에 독을 탈 시간 따윈 없었을 터.

그저 나는 적당하게 둘러대고 가볍게 시장기를 채운 것뿐이다.

이런 판국에 얌전치 못하다고 말하지 말기를.

사람은 배가 고프면 힘이 안 나고 사고방식도 어두워진다.

그런 상태에선 루크를 말리는 것도, 설득하는 것도 불가능하다.

"하지만⋯ 뜰과 인접해 있는 방은 위험해요.

밖에서 주문으로 공격할 우려가 있으니까요.

좀 더 넓은 방으로 옮기죠.

가능하면 창이 없고 바깥과 인접해 있지 않으며⋯ 장애물이 적
은 방이 좋겠어요."

내 말에 라이언은 곧바로 자리에서 일어났다.

"아⋯ 알았네!

그럼 식당이야! 식당으로 가자!"

"다른 신관들이 식사 중일 텐데요?"

"녀석들은 내쫓으면 돼!"

주저 없이 딱 잘라 대답하는 라이언.

"가자! 너희들도 따라와라!"

요리에는 이제 눈길도 주지 않고서 병사들과 용병들을 이끌고 줄줄이 방을 빠져나간다.

그 뒤를 따르는 나와 가우리.

얼마 후 일동이 도착한 곳은 방 중앙에 큰 테이블이 놓여 있는 넓은 방이었다.

라이언은 말 한 마디로 식사 중인 신관들을 내쫓고 용병들에게 명령해서 테이블도 치우게 했다.

사정 설명도 제대로 듣지 못한 신관들은 불만스러운 표정을 지었지만 라이언은 그런 것엔 아랑곳하지 않았다.

뭐, 누군가가 목숨을 노린다고 하니 다른 사람을 배려할 여유가 사라진 거겠지만….

방을 다 치우고 중앙에 놓인 의자에 앉은 후에야 라이언 대신관은 한숨을 돌렸다.

"그런데…

내 목숨을 노린다고 했는데…

왜지?! 무슨 일이냐?! 역시 범인은 다른 대신관들 중 하나였던 거냐?!

신관장님과 브란을 죽인 녀석들이지?!

자객의 숫자는 많은가?! 많다면 이런 곳에 있기보다 냉큼 도망치는 편이 좋지 않을까? 아니… 어딘가에서 경호병을 부르는 편이 좋을지도 모르겠군…!

그러고 보니 바깥에서 화재가 났다고 들었는데 설마 그것도 관계있는 거냐?!"

"진정하세요.

그렇게 한꺼번에 물으시면 한 번에 다 대답 못 하잖아요."

덤벼들 듯 물어오는 라이언을 겨우 진정시킨다.

솔직히 나는 망설이고 있었다.

그의 목숨을 노리는 사람이 루크라는 말을 해야 좋을지 어떨지.

만약 모든 사정을 이야기한다면 아마 라이언은 '루크를 고용한 케레스가 범인일 것이다'라고 의심하게 될 것이다.

그러나… 말하지 않으면 라이언은 자신이 무슨 짓을 했는지도 모르게 된다.

"신관장과 브란 대신관을 죽인 녀석과는 다른 사람이에요."

나는 말했다.

"당신에게… 개인적인 원한을 가진 자.

그가 바로 당신을 노리는 자이죠."

"개… 개인적인 원한이라고?!

바보 같은 소리 마라! 나는 다른 사람에게 원한을 살 만한 일은 한 기억이 없어!"

자각이고 뭐고 없는 말을 뻔뻔하게 한다.

이 자식…!

나는 무심코 한 손을 쳐들었고….

퍼억!

"커헉!"

안면을 주먹에 정통으로 맞고 라이언이 의자에서 굴러 떨어졌다!

"대신관님!"

"무슨 짓이냐! 너!"

용병들의 비난하는 시선을 받으며….

"이것도 봐준 거야.

이 정도는 얌전히 맞으라고."

말한 사람은… 내가 아니라 가우리였다.

라이언의 말에 그도 역시 열을 받은 모양이다.

"뭐…! 그게 무슨…?!"

뺨을 감싸고 말하는 라이언을 나는 내려다보았다.

"2~3일 전에 이곳에 와서 해독을 부탁한 사람이 있었어.

하지만 넌 심술을 부려 치료를 거부했지.

상대가 북쪽 케레스 대신관에게 고용되어 있다는 시시한 이유로.

그녀는… 죽고 말았어.

그리고 그 여성을 소중히 생각하던 사람이 있었어.

그렇게 된 거야.

불만이 있다면 그 사람을 살려내도록 해.

자각은 전혀 없는 모양이지만… 네가 한 짓은 간접적인 살인이라고."

내 말에 용병들과 병사들의 책망하는 시선이 라이언 대신관에게 쏟아졌다.

"뭐… 그런?!

살인…?!

까… 까불지 마! 그런 무례한 말을!

그… 그전에 난 그런 사실은… 몰라!"

"문 앞에 있던 용병은 분명히 네 이름을 꺼냈어. 라이언 대신관이 그렇게 말씀하셨다고 말야."

"그… 그건…!

무언가 착오가 있었던 거야!

그리고… 그… 그전에!

애당초 내가 그 여자를 중독시킨 것도 아니잖아!

노리려면 중독시킨 녀석을 노릴 것이지!"

"이미 그들은 살해당했어."

나의 태연한 말에 이번에야말로 라이언은 할 말을 잃고 얼어붙었다.

"근처에서 화재가 난 건 알고 있지?

그곳에서 살해당했어.

산 채로 몸이 조금씩 동강 났고

마지막엔 불꽃 속으로 집어던져졌지."

라이언의 무릎이 공포로 잘게 떨렸다.

이 정도는… 좋은 약이 될 것이다.

"하… 하지만…!"

매달리는 듯한 시선을 내 쪽으로 돌리고 말한다.

"그 말은…! 상대는 한 사람이라는 뜻이지?

브란을 죽인 녀석은 아닌 거지?

그렇다면…! 이 정도 호위가 있다면 겁낼 필요도….."

"화재 현장에서 살해당한 사람들은 그 브란 대신관을 죽인 녀석들이야.

그렇다면… 어느 쪽이 강한지 알 수 있겠지?"

"히익…!"

그는 작게 숨을 삼켰다.

"지… 지켜주지… 않겠나…? 물론…!

나… 나는…! 신에 의해 언젠가 이 마을을 짊어지는 게 보장된 사람이야…!

아직…!

아직 죽을 순 없어…!

지켜주겠지…? 응…?"

"신이 그런 얼빠진 약속을 했건 말건 내가 알 바 아니야."

나는 말했다.

"너 같은 사람을 지켜줄 의리도 없어."

"그런…!"

"하지만 폭주하고 있는 그를 제지하고 싶다는 생각은 있어.

그 때문에… 결과적으로 너를 지키게 되겠지."

"아… 아무래도 좋아!

어쨌거나 도와주는 거지?

부… 부탁할게! 모쪼록 부탁할게!"

"그럼 얌전히 있어. 가만히."

"아…! 알았어!"

말하고 나서 라이언은 황급히 의자에 다시 앉았다.

이 아저씨… 이대로 얌전히 있어주면 좋겠는데….

이 건물의 구조는 다른 분원과 같을 터.

그리고 루크는 북쪽 분원에서 호위를 한 바 있다.

그렇다면 건물의 구조는 잘 알고 있을 거라고 생각하는 편이 좋겠지.

반면에 나와 가우리는 솔직히 건물의 구조와 위치 관계를 잘 모른다. 만약 라이언이 섣불리 돌아다니면 루크에게 유리하게 작용한다.

이제 문제는… 그 루크가 어디에서 공격할까 하는 것이다.

방에 창은 없고 출입구는 두 개. 어느 것이든 라이언이 앉아 있는 곳까지는 조금 거리가 있다.

동쪽 신전과 같은 수법은 이제 통하지 않는다. 방도 바꾸었고 라이언은 벽에서 떨어진 곳에 앉아 있다.

지난번엔 갑작스러웠기에 대응이 늦어졌지만 한번 당한 이상 다크 미스트로 눈가림을 하는 건 이제 통하지 않는다.

—그렇다면… 루크가 이쪽의 허를 찌를 생각이라면 방법은 둘 중 하나.

즉 위 아니면 밑.

"이 방 밑에 지하실은 있어?"

"……? 아니. 지하실은 별채 외에 없는데…

그쪽으로 옮기는 편이 나은 거야?"

"이 방 위는 어떻게 되어 있지?"

무시하고 나는 계속 물었다.

"음… 아…?

신관들의 침소가 그곳에 있는데….

오호라!

상대는 위나 아래에서 온다는 소리로군!

그렇게 된 거야.

좋아!

이 위쪽 방에 호위를 집결시키도록 하지!

이봐! 거기!

안뜰 부근에서 한가해 보이는 보초 대여섯 명을 데리고 위쪽 방으로 가라!

신관들의 침실… 5호실부터 7호실 부근이다! 알았나?"

옆에 있던 용병 한 사람이 라이언의 명령을 받고 방을 나갔다.

그리고

방에 정적이 찾아왔다.

루크가 공격하기를 그저 기다리는 시간.

시간이 매우 길게 느껴진다.

그나저나… 늦네.

그다지 루크가 대신관을 죽이러 오기를 고대하고 있는 건 아니지만 동쪽에서 만난 루크의 태도로 보건대 이곳으로 직행했을 터.

그런 것치곤 묘하게 시간이 많이 걸린다.

어쩌면… 이 건물 어딘가에 침입해서 움직일 기회를 살피고 있는 건가?

"저… 정말로… 나를 노리는 것 맞아…?!"

침묵과 불안을 견디지 못하겠는지 라이언이 불안에 찬 목소리를 냈다.

"무언가 착오가 있는 것 아냐…?

나를 노리는 척하다가 동쪽의 프란시스를 노린다든지…."

"그렇게 생각하면…

호위를 풀까?"

"아… 아냐, 아냐! 그럼 곤란하지!"

황급히 고개를 젓는 라이언.

"그리고….'

내가 말을 꺼내려던 그때.

이쪽으로 다가오는 발소리가 복도에 울려 퍼졌다.

"—오—온 건가?!"

라이언의 두려움에 찬 목소리에 용병들이 긴장하기 시작했다.

—하지만—

"라이언 대신관!"

숨을 헐떡이며 방으로 뛰어든 것은 신관 한 사람이었다.

"—무슨 일로?!"

벌떡 일어난 라이언 앞에 신관은 구르듯 무릎을 꿇고는

"…크… 큰일입니다!

방금… 동쪽 신전에서 사자가 찾아와 프란시스 대신관님이 침입해온 자객에게 살해당하셨다, 고…!"

"뭐야?!"

라이언은 경악의 목소리를 높였다—

"—알고 있어."

내 말에 방안이 얼어붙었다.

"프란시스 대신관님은 우리들 눈앞에서 살해당하셨으니까.

그리고 —그는 대신관님을 살해한 후 분명히 이렇게 말했어.

다음은 남쪽이다— 라고.

그래서 우린 이곳으로 온 거야."

"…그… 그런…!

그렇다면…!"

그가 무언가 말을 꺼내려는 찰나.

쿵!

—우와아아아아…!

멀리서 진동과 몇 개의 목소리가 어디서부턴가 울려왔다.

"—뭐, 뭐냐?!"

"중정 쪽에 무슨 일이 있는 모양입니다!"

복도에 있던 용병 한 사람이 보고했다.

"에… 에잇! 경비들을 전원…!"

"스톱!"

반사적으로 명령을 내리려 하는 라이언에게, 나는 틈을 주지 않고 막았다.

"…뭣…?"

"십중팔구 양동작전이야!

중정에서 소동을 일으켜 그쪽으로 주의와 전력이 쏠리게 하고선, 그 틈에 경비가 약해진 여길 칠 생각이라고!"

"하… 하지만 상대는 단 한 사람이잖나?!"

"방법은 얼마든지 있어요! 골렘을 만들어 날뛰게 한다든지!

어쨌든 섣불리 움직이지 말 것!"

"…정답, 이다.

골렘까지는 말이지.

과연 수를 전부 읽고 있군…."

—움찔!

들려오는 목소리에 나는 살짝 몸을 떨었다.

말할 것도 없을 것이다. 그 목소리의 주인공은—

"누구냐… 큭?!"

복도 쪽에서 용병 누군가의 목소리와, 틈을 주지 않고 들려오는 신음.

그리고—출입구로부터 그가 모습을 드러냈다.

뽑아든 검을 한손에 늘어뜨리고.

…루크…

"여,

네가 라이언 대신관이냐? 때려죽이러 왔다."

순간… 그림자가 실내를 달렸다.

가우리!

단숨에 루크와의 간격을 좁히더니 검을 뽑아 들고 그의 앞을 막아선다!

훌륭하다! 루크는 복도에서 막 들어온 참! 이 위치에선 가우리를 피해서 방에 들어오는 게 불가능하다!

"이제 그만둬!"

"역시 와버렸군….

이래선… 꽤 곤란한데.

너희들을 어떻게 할 생각은 없고…."

말하면서 검을 겨누고… 가우리와 대치했다!

"검과 검의 정면 승부에선 너를 당해낼 수 없고 말이지."

얼굴에는 자조 섞인 쓴웃음을 짓고 있다.

"히이이이이익!"

나는 비명을 지르는 라이언의 앞을 막아서면서,

"네 심정을 이해한다는… 그런 값싼 말은 하지 않겠어!

하지만!

네가 더 이상 폭주하도록 놔둘 순 없어!"

"미안해⋯. 너희들에게 폐를 끼쳐서⋯.

하지만⋯ 이제⋯

멈출 수 없어⋯."

말하고 나서 루크는 시선을 가우리에게 돌렸다.

알고 있을 것이다, 루크는.

검으로는 가우리를 이길 수 없다는 것을.

기술뿐만이 아니다. 각자가 들고 있는 검의 성질도 매우 다르다. 루크가 들고 있는 건 주문을 일시적으로 축적할 수 있는 재미있는 기능을 가진 마검으로 그런대로 예리하기도 하다.

한편⋯.

가우리가 들고 있는 건 전설 속에도 그 이름이 나오는 블래스트 소드. 너무 황당할 정도로 날카로운 까닭에 지금은 일부러 주문으로 예리함을 억누르고 있을 정도의 물건이다.

만약 그 두 자루의 검이 정면으로 부딪친다면 틀림없이 루크의 검은 부러져버릴 것이다.

그러나 그것을 알면서도⋯ 루크는 물러날 기미를 보이지 않았다.

비록 패하더라도 끝까지 의지를 관철할 생각인지, 아니면 무언가 다른 책략이 있는 건지⋯.

"간다!"

루크가 외치며 검을 휘둘렀다!

그에 맞서 가우리의 검이 번뜩였다!

두 줄기 광채가 교차하려던 그 순간!

휘익!

바람의 진동에 가우리의 칼날이 미끄러졌다.

루크는 검에 강풍의 주문을 두른 건가?!

여느 때의 가우리의 검 실력이라면 소용돌이치는 그 열풍조차 베어버렸을 것이다.

그러나 어디까지나 루크를 '막는' 것을 목적으로 한 가우리의 검에는 여느 때와 같은 예리함이 부족했던 듯하다.

"큭!"

그러나 가우리는 미끄러진 검의 기세를 이용해서 다시 베어나 갔다.

목표는 루크가 들고 있는 검!

날려버려서 전투력을 빼앗을 생각이다!

—허나!

휘익!

다시 휘몰아친 바람에 가우리의 칼날이 다시 빗나가고 말았다.

그 틈에 한 발짝 나서는 루크!

거리를 맞추기 위해 가우리가 약간 후퇴했다!

—아니야!

나는 퍼뜩 깨달았다.

가우리의 검이 무뎌진 게 아니다!

루크가 검에 두른 바람의 위력이 심상치 않은 것이다!

그렇지 않다면 한 번도 아니고 두 번씩이나 가우리의 검이 빗나갈 리가 없다!

이곳에 가우리가 있다는 걸 알고, 공격이 아니라 방어에 검을 쓰기로 한 건가?

―그렇다면….

나는 그의 다음 행동을 예측하고 속으로 주문을 외웠다.

더 이상 물러설 수 없는 가우리가 재차 검을 휘둘렀지만 루크의 검이 막아냈다.

가우리의 실력이라면 검을 휘감은 바람의 방향을 읽고 그것을 피해서 검의 본체를 공격할 수도 있을 것이다. 다만… 상대가 평범한 검사라면 그렇다는 이야기.

가우리에겐 미치지 못한다고 해도 루크는 결코 평범한 검사는 아니다. 수비에 전념해서 가우리의 검을 자신의 검에 두른 바람으로 휘감듯이 막고 있다.

―새삼 이렇게 보니 과연… 대단하다!

그리고.

다시 가우리의 검을 루크의 바람이 휘감았을 때….

"튕겨나가라!"

루크가 외친 그 찰나!

휘익!

그 검에 깃든 열풍이 단숨에 해방되어 휘몰아쳤다!

"!"

정통으로 맞으면 완전히 자세가 무너진다. 어쩔 수 없이 가우리는 바람을 타듯 뒤로 도약했다.

동시에 루크가 땅을 박찼다!

가우리와 간격이 벌어진 순간 단숨에 라이언에게 바싹 다가갈 생각이다!

그러나! 나도 그것을 예측했다!

나는 즉시 외운 주문을 해방했다!

"딤 윈!"

고오!

내가 쏜 열풍이 밀려나고 있던 가우리의 등을 떠밀었다!

가우리와 루크의 간격이 다시 좁혀졌다!

"아닛?!"

루크의 놀란 목소리에….

"오오오오오!"

가우리의 외침 소리가 겹쳐졌고….

—키잉!

날카로운 소리를 내며 루크의 검이 바닥에 굴러 떨어졌다!

튕겨나간 게 아니다. 정면으로 가우리의 블래스트 소드를 맞받아치면 자신의 검이 부러진다는 걸 알고 있는 그는 검과 검이 맞부딪친 그 순간, 자신의 검을 놓아버린 것이다.

가우리의 일격도 불완전한 태세에서 펼쳤기 때문인지 루크의 검을 베는 데까진 이르지 않았다.

"큭!"

불리하다고 판단했는지 복도로 물러서는 루크.

여기서 놓칠 수는 없다! 놓치면 그는 다른 날을 잡아 다시 라이언을 노릴 것이다.

그래선 의미가 없다.

어떻게 해서든 완전히 그의 증오를 끊어놓아야 한다.

어떻게 해야 하는지는 모른다.

그러나 적어도 이야기를 하는 건 필요하다.

"가우리! 쫓아!"

말하고 나서 나도 달려 나갔다.

가우리도 복도를 향해 달렸고….

그 순간.

화악!

루크가 달려간 복도를 어둠이 메웠다!

다크 미스트!

반사적으로 한순간 가우리의 발이 멎었다.

그리고 별안간.

콰아!

그 어둠 저편에서 천장을 타고 불꽃이 밀려들었다!

"우와아아아앗?!"

용병들이 놀라 소리쳤다.

불꽃은 천장을 훑었을 뿐. 아마 다크 미스트 뒤쪽에서 우리들의 움직임을 견제하기 위해 천장에 화염계의 공격 주문을 쏜 것이리라.

허나… 이런 걸로 물러설 생각은 없다!

개의치 않고 나는 복도에 펼쳐진 어둠 속으로 돌진했다!

몇 발짝 가지 않아서 나는 어둠을 뚫고 복도로 나왔고….

그곳에서 무심코 발을 멈추었다.

복도 이곳저곳에는 촛대에 마법의 불이 밝혀져 있었지만….

그 복도 조금 앞을 다크 미스트의 어둠이 다시 메우고 있었다.

"리나!"

한발 늦게 뒤쪽 어둠에서 가우리가 모습을 드러냈다.

마주 보고 고개를 끄덕인 후 다시 질주. 두 번째 검은 안개를 뚫고 나가자… 그 앞쪽에는 다시 어둠.

―에잇! 끈질기다!

이번엔 속도를 늦추지 않고 세 번째 어둠을 돌파했다.

그 뒤는 십자로. 정면 복도에 네 번째의 어둠.

―의문이 머리를 스쳤다.

"잠깐!"

말하고 나서 나는 발을 멈추었다.

―다크 미스트로 눈가림…. 두 번째까지라면 뭐, 이해가 간다.

그러나 세 번째쯤 되면 우리들에게 통하지 않는다는 건 루크도 알고 있을 터였다.

게다가 네 번째… 지금 보이고 있는 것까지 오니 이것도 일부러 십자로 뒤쪽에 전개해두었다.

이건 흡사 '이쪽으로 도망쳤다'고 말하는 것이나 마찬가지다.

정말 우리를 떼어놓을 생각이었다면 십자로 중앙부에 다크 미스트를 걸고 자신은 옆으로 돌아가는 편이 효과적이라는 건 두말할 나위도 없다.

그럼에도 이런 짓을 했다는 것은….

잘못된 방향으로 유도하려는 것이든지, 아니면 역으로 속임수처럼 보이게 해놓고 그쪽으로 도망쳤든지….

―혹은 설마?!

"돌아가자! 가우리!"

말하고 나서 나는 발길을 돌려 방금 통과했던 어둠 쪽으로 향했다!

"응!"

대답하고 따라오는 가우리.

돌파한 것과 같은 숫자의 어둠을 뚫고….

"우와아아앗!"

별안간 튀어나온 우리들 때문에 놀라 용병들이 소리를 질렀다.

"진정해!"

질타하고 방 안을 대충 둘러본다.

중앙 의자에는… 아무도 앉아 있지 않았다.

"대신관은?!"

"호… 호위를 몇 명 데리고 다른 통로로 도망쳤습니다."

내 질문에 용병 한 사람이 대답했다.

—아뿔싸!

나는 이때에 이르러 겨우 루크의 책략을 눈치챘다.

방금 전 천장을 훑었던 불꽃. 그것은 나와 가우리의 움직임을 봉하기 위한 게 아니었다.

공포에 질린 라이언을 이 방에서 끌어내기 위한 것이었다.

동시에 퇴각하는 것처럼 위장해서 우리들을 한쪽 통로로 유인한다.

그리고 우리들이 다크 미스트의 눈가림에 현혹되어 있을 때 다른 길을 통해 돌아가서 라이언을 직접 노릴 생각인 것이다.

동쪽 분원에서 이곳까지 오는 데 시간이 걸린 것도 우리들에게 사정을 설명하게 해서 라이언의 공포를 확대시키기 위한 건 아니었을까?

나와 가우리 두 사람은 방을 가로질러서 다른 쪽 출입구로 향했다.

그때….

콰앙!

그쪽 통로 끝… 그 천장이 굉음과 함께 무너졌다!

"아… 안 돼애애애애!"

파괴음의 여운에 라이언 대신관의 비명이 겹쳐졌다!

―야단났다!

우리는 개의치 않고 통로 안쪽으로 향했다. 피어오른 흙먼지가 아직 가라앉지 않았지만 신경 쓸 때가 아니다.

바닥에 쌓여 있는 잔재 더미를 뛰어넘자….

라이언의 호위차 따라온 것으로 보이는 너덧 명 정도의 병사와 용병이 주위에 쓰러져 있었다.

그러나 주위에 루크와 라이언의 모습은 없다.

―어디 있지?!

기척을 살피니 먼 곳에서 들려오는 사람들의 수런거림과 싸우는 소리.

―이건가?! 아니, 달라! 이건 안뜰의….

"크헉…!"

먼 수런거림에 섞여 멀리서 들려온 건 틀림없는 라이언 대신관의 목소리!

"이쪽이야!"

말하고 나서 내달리는 가우리!

나도 그 뒤를 따른다!

복도를 지나 모서리를 돌고….

방향으로 보건대… 뒤뜰 쪽으로 향하고 있다.

보통이라면 이 근방에도 경호병들이 있어야 마땅한데 안뜰 쪽으로 달려갔는지 모습은 보이지 않는다.

복도를 달려가서….

콰당!

반쯤 열려 있는 문을 거의 몸으로 들이박을 태세로 열어젖혔다!

—그곳은 밤이 지배하는 공간이었다.

이곳저곳에 서 있는 정원 등이 부연 마법의 빛을 주위에 흩뿌린다.

잘 손질한 정원수.

그림자로 변한 청동 동상.

안뜰 쪽에선 아직도 싸우는 소리가 들려오고 있다.

역시 경비병들은 대부분 그쪽으로 갔는지 이곳에 있는 것은…이미 땅에 쓰러진 몇 명뿐.

그리고.

루크는 그곳에 조용히 서 있었다.

"이해가… 안 돼."

루크는 조용한 목소리로 말했다.

발치에 나뒹굴고 있는 검은 덩어리….

라이언 대신관을 내려다보며.

……!

"인간은…

꽤 튼튼한 것처럼 생각될 때도 있는데…

이렇게 쉽게 죽어버리다니."

─막지… 못했다….

나는 어금니를 꽉 깨물었다.

"마족들과 싸우면서

이젠 글렀다고 생각했던 때가 몇 번 있었지만…

그때마다 우리들은 살아남았고 이겼어….

그런데

조드 같은 2류에게 미리나가….

믿기지 않아…. 실제로….

이상하지? 정말로…."

"루크…."

"이 녀석도 너무 쉽게 죽어버렸어.

시끄럽게 떠드는 게 싫어서… 성대만 끊었는데…

확실히 혈관은 피해서 죽지 않게 했는데, 어째서….

그 충격으로 죽고 말았어.

이 녀석은 좀 더… 괴롭힐 생각이었는데…."

"루크…."

"틀렸어…. 아직 아니야…."

"뭐?"

루크의 말에 나의 등줄기가 얼어붙었다.

그 안에 서린… 여전히 가시지 않은 증오를 느꼈다.

"이 녀석만 죽이면 모두 끝난다…

이걸로 전부 결판이 난다…

그렇게 되면 이제 붙잡히든 죽든 상관없다…

아무래도 좋다… 어차피 미리나는 이제 없으니까…

그렇게 생각했어….

하지만 그게 아니야.

계속해서… 마음속에서 샘솟고 있어…!

검은 말이…! 가슴 가득…!

아직이라고….

케레스와 녀석의 부하가 좀 더 주문을 잘 쓸 수 있었다면…! 리서렉션 같은 주문을 쓸 수 있었다면 미리나는 살아나지 않았을까 하고…!"

"루크!"

나는 소리를 질렀다.

확실히 케레스 대신관도, 그리고 그의 곁에 있던 마법 의사들도 미리나의 독을 완전히 지울 수는 없었다. 리서렉션의 주문을 쓸 수 있는 자도 없었다.

—그러나 조드가 쓴 독은 평범한 해독 주문으론 해독할 수 없도록 만들어진데다, 우리들이 북쪽 분원에 도착했을 땐 이미 독이 미리나의 온몸에 퍼져서 그녀의 체력이 고갈된 상태였다.

—물론 어쩌면 완전히 독을 없앨 수 있었다면 그녀는 살아났을지도 모른다.

리서렉션… 주위에 있는 존재로부터 조금씩 활력을 나누어주는 술법을 쓸 수 있는 자가 있었다면 체력을 되찾은 그녀는 체내

에 남은 독과 싸워 이길 수 있었을지도 모른다.

허나 그것은….

"알고 있어!

화풀이라는 것은! 억지라는 것도!

머릿속으로도 그런 건 알고 있다고!

하지만…!

하지만 마음이 도저히…!

납득해주지 않아!"

"적당히 해! 루크!"

"다음은 북쪽이야…."

가우리의 목소리도 루크의 마음에는 닿지 않았다.

"안 돼, 루크!

네 마음속에 있는 증오는 이런 일을 계속하면 계속할수록 점점 확산되고 만다고!

만약 케레스 대신관을 죽이다면… 다음은 우리들을 원망할 거야. 우리들을 죽인다고 해도 다음은 다른 누군가를 원망할 거고!

그리고 마지막에 가서는 자기 자신을 원망하게 돼!

증오에 몸을 맡기게 되면 이 마을 전부를 없앤다 해도 네 마음은 충족되지 않아!"

"그럼…

너희들이라면 어떻게 할 거야…?

이 기분을 가라앉히라고,

말하는 건 쉽지만…

만약 나와 같은 처지가 되면 어떻게 할 거야?

만약 너희들의 동료가 어떤 바보에게 살해당한다면…

증오를 버리라고 했을 때 버릴 수 있겠어?

헛된 일이니까 그만두라고 하면 그만둘 수 있냐고!"

"……!"

루크의 질문에 대답할 말이 내게는 없었다.

느릿하게.

루크가 발길을 돌렸다.

"마지막이야…!

다음이야말로 마지막이야…!"

"루크!"

나의 외침 소리와….

주문을 해방한 루크의 목소리가 겹쳐졌다.

그리고 루크는 하늘을 날았다.

북쪽으로… 케레스 대신관이 있는 곳으로.

4. 사람들의 마음속에 깃든 어둠의 색깔

"오는 겁니까, 그가…?"

내 이야기를 듣고… 케레스 대신관은 어두운 표정으로 중얼거렸다.

아쿠아 로드(수룡왕) 신전… 케레스의 개인실.

남쪽 신전에서 루크가 떠난 후.

안뜰 쪽에선 아직 소란이 계속되고 있는 듯했지만 그쪽은 현장 병사들에게 맡기기로 하고, 나와 가우리는 서둘러 루크의 뒤를 쫓았다… 아니, 쫓으려고 했다.

그러나… 증폭한 비행 주문으로 우리들이 하늘로 날아올랐을 때엔 대체 어디로 몸을 숨겼는지 주위에 루크의 모습은 없었다.

그래서 어쩔 수 없이 우리들은 이곳 신전으로 직행해서… 케레스 대신관에게 사정을 설명했다.

루크가 케레스를 노리고 있다는 사실까지 포함해서.

"그는 폭주하고 있어요….

그리고 동시에 그런 자신을 말려주길 바라고 있지요.

우리들보다 먼저 출발했는데… 아직 도착하지 않은 게 그 증거예요.

어떻게 해서든…

막겠어요. 그를."

"알겠습니다."

케레스는 고개를 끄덕였다.

"저도 최대한 돕기로 하지요."

"부탁드릴게요."

그렇게 말하고 나는 고개를 숙였다.

"그래서 경비 장소 말인데요…."

"그에 관해서 부탁이 있습니다."

내 말을 끊고 그는 말했다.

"장소는… 예배당으로 부탁드리고 싶습니다만."

"예배당… 이요?"

그 제안에 나는 미간을 좁혔다.

경호하는 데 적합한 장소라면 습격자가 허를 찌르기 힘들고 탈출이 쉬운 장소가 바람직하다.

그리고 싸움이 벌어질 가능성을 생각하면 어느 정도 넓은 편이 좋다.

예배당… 이라는 곳은 확실히 넓이 면에선 불만은 없다.

이쪽의 호위를 어느 정도 집중시킬 수도 있다.

그러나… 예배당에는 여러 개의 기둥과 긴 참배용 의자, 제단 등등 여러 가지 장애물이 있다.

그것들은 몸을 숨기고 접근하는 자에게 유리하게 작용한다.

천장 등의 스테인드글라스를 깨뜨리고 기습하는 것도 생각해 볼 수 있다.

쉽게 말해 경호를 하기에 최적이라고는 하기 힘든 장소다.

"으음…."

난감한 표정을 짓는 나를 케레스는 정면으로 응시하며,

"부탁합니다.

제가 있을 곳은 그곳밖에 없다는 생각이 듭니다.

비록… 결과가 어떻게 되든…."

―그것은 자신의 죽음조차 각오한 말.

그렇게까지 말하면 더 이상 반대할 수가 없다.

"알았어요."

나는 고개를 끄덕일 수밖에 없었다.

"그럼 호위하는 사람들을…."

"그에 관해서도… 제안이 있습니다."

다시 내 말을 끊고…

그가 꺼낸 제안은 말 그대로 상식 밖의 것이었다.

―벽과 기둥에 달린, 소녀의 모습을 본떠 만든 촛대에는 마법의 불이 밝혀져 있어서 넓은 공간을 비추고 있었다.

네 줄로 늘어선 긴 의자 사이에 에메랄드그린색 문양이 들어간 푸른 융단이 뻗어 있다.

한복판의 넓은 통로가 뻗어 있는 곳에는 아쿠아 로드를 기리는 제단.

그 제단에 케레스 대신관이 있었다.

그의 양옆을 지키는 형상으로 오른쪽에는 가우리, 왼쪽에는 나.

예배당에 있는 사람은 둘뿐이었다.

다른 용병들과 병사들은 분원 안.

―호위는 나와 가우리 두 사람뿐.

그것이 케레스 대신관 자신이 낸 황당한 제안이었다.

물론 나는 반대했다. 아무리 그래도 그건 너무 무방비하다고.

그러나 그는 말했다.

이 일은 우리들만으로 결판을 내야 하는 일이다, 용병들까지 말려들게 할 수는 없다고.

―뭐, 그건 그렇다.

아무리 병사들과 용병들이 떼로 호위하더라도, 미안하지만 루크를 막을 수 있다고는 생각하지 않는다.

아니, 막는 건 둘째치고, 사정을 모르는 녀석이 옆에서 루크에게 싸움을 건다면 대화를 나눌 기회조차 사라지게 된다. 그렇다면 차라리 이러한 형태를 취하는 게 좋지 않을까 생각한 것이다.

결국 나와 가우리는 그 제안을 승낙했다.

―물론 용병들은 몰라도 정규 병사와 신관들이 이런 제안을 납득해줄 리가 만무하다.

그래서 케레스 대신관의 훈시가 있다는 거짓말로 모두를 방 하나에 모은 다음 내 슬리핑 주문으로 재워버렸다.

이제 조금 시끄럽게 한다 해도 훼방꾼은 끼어들지 못할 것이다.

"알고 있지, 가우리?"

"응….

물러나지 않는다면… 전력을 다해 싸우라는 거지?"

내 물음에 가우리는 굳은 표정으로 고개를 끄덕였다.

─지금까지는…… 프란시스 대신관과 라이언 대신관에 관해서는, 우리 두 사람도 심정적으로는 오히려 루크와 가까운 부분조차 있었다.

그러나 이번엔… 다르다.

그래서 더욱.

비록 루크를 다치게 하더라도 막아야 한다.

─생각해보면 남쪽에서 대결했을 때 우리들과 루크는 무의식 중에 상대를 다치게 하지 않는다는 전제하에서 싸웠다.

그리고 그 결과… 라이언 대신관은 살해당한 것이다.

허나 이번엔….

"막아야 해, 반드시."

나는 작게 중얼거렸다.

그리고 그것을 기다리기라도 한 듯….

발소리가… 들려왔다.

멀리서… 그리고 조금씩 가깝게….

끼이이이이익….

육중한 소리를 내며 예배당의 문이 열렸다.

"여, 기다리게 했군…."

마법의 불빛에 반사되어 그는 말했다.

여전히 조용한 표정으로.

—루크.

"도중에 잠깐… 남쪽에 겁을 주기 위해 갔다 왔거든.

하지만 이건 꽤… 친절한 대접인걸?"

"쓸데없는 훼방꾼은… 끼어들지 않는 편이 좋잖아?"

"음… 그건 그렇군."

"이제… 그만두지 않겠어?"

"그럴 생각이야.

이걸로… 끝이야."

"루크…."

나는 한숨 섞인 어조로 말했다.

"미리나는…

너에게 뭐라고 했어…?"

"……!"

내 말에 루크는 시선을 돌리고 입술을 깨물었다.

"우리들을 방에서 나가게 하고…

단둘이 되었을 때…

뭐라고 했을 거 아냐?

미리나는 너에게 복수를 해달라고 했어? 대신관들을 모조리 죽
여달라고…?

아니면….”

“미리나가 무슨 말을 했건 상관없어!”

말을 끊고 루크는 말했다.

마치 비명이라도 지르는 듯.

“이건…! 내 마음 문제야!

내가 납득하느냐 마느냐…!

그게 문제라고!”

후우….

말하고 나서 루크는 크게 한숨을 쉬더니,

“말은…

아무리 늘어놔봤자 이제 소용없어.

그러니까 단순하게 가자고.

요컨대 너희들이 막을 수 있느냐 없느냐인 거야.”

“알았어….”

어쩔 수 없이 나는 고개를 끄덕였다.

알고 있는 것이다.

루크 스스로도 자신이 잘못되어 있다는 것을.

다만… 마음에서 샘솟는 증오가 멈추지 않는다.

그를 구할 수 있는 방법은 아마 단 하나뿐.

나와 가우리가 그를 막는 것.

“이번엔… 막겠어.

사정은… 안 봐줄 거야.”

쓴웃음을 머금고 말하는 나에게….

"알고 있어.

다만 나도… 어쩔 수 없이 그쪽의 팔 한두 개 정도는 자를지도 몰라."

루크 역시 쓴웃음으로 화답하고 검을 뽑았다.

그리고.

마법의 불빛에 반사된 스테인드글라스의 성자들이 지켜보는 가운데, 우리들과 루크는 대치했다.

ㅡ탁!

루크가 바닥을 박찼다!

긴 의자 사이를 내달려 똑바로 이쪽을 향해 온다!

ㅡ스윽….

케레스 대신관을 보호하려는 듯 가우리가 제단 앞으로 나와 검을 뽑았다.

그리고 나는 주문 영창을 개시했다.

우리들과 루크의 거리가 좁혀졌고….

"어비스 플레어[獄炎招]!"

루크가 나도 모르는 주문을 해방했다!

찰나!

화륵!

그의 진로 앞에 있는 융단이 불타올랐다!

불꽃은 루크의 모습을 가리더니 순식간에 융단을 불태우며 이쪽을 향해 전진한다!

그 앞에는 검을 겨눈 가우리!

그러나!

루크가 주문으로 견제할 건 이미 예상하고 있었다!

"딤 윈!"

나는 외웠던 강풍의 주문을 다가오는 불꽃 쪽에 쏘았다!

그러나… 불꽃은 끄떡도 하지 않았다!

마력의 불꽃인가?!

그도 내가 바람의 주문으로 술법을 맞받아칠 걸 예측하고 그걸로는 막지 못하는 마력의 불꽃을 쓴 건가?

하지만 그렇다면!

"가우리! 베어버려!"

"응!"

보통이라면 억지로밖에 들리지 않는 나의 요구에 응해, 가우리는 다가오는 불꽃의 파도를 들고 있던 검으로 후려쳤다!

검에 의해 불꽃이 갈라지며 사방으로 튀었다!

마를 베는 검, 블래스트 소드. 그렇다면 마력의 불꽃도 베어낼 수 있을 터. 나는 그렇게 생각했던 것이다.

허나 동시에 사라져가는 불꽃 속에서 루크가 뛰쳐나왔다!

오른손의 검을 가우리 쪽으로 내리친다!

"!"

칼날을 거두어 막아내는 가우리.

찰나 가우리의 검 끝이 흔들렸다.

루크는 이번에도 검의 열풍의 소용돌이를 둘렀던 것이다.

―허나!

"오오오오!"

―키이이이이잉!

가우리의 외침과 함께 루크의 검이 부러져 날아갔다!

보이지 않는 바람의 흐름을 읽고 그 흐름을 따라 칼날을 미끄러뜨려 검의 본체를 베어낸 것이다.

―이겼다!

생각한 순간.

루크의 왼손이 움직였다.

그곳에는 또 한 자루의 검!

"튕겨나가라!"

파악!

루크의 목소리에 그쪽 검에도 둘러놓았던 열풍이 해방되었다!

"!"

가우리의 몸이 바람에 날아갔다!

루크는 이제 그쪽은 무시한 채 오른손의 검을 내던지고 제단으로 향했다!

케레스 대신관 쪽으로!

그러나 아직… 내가 있다!

나는 대신관에게 달려가서 손을 잡은 후 속으로 주문을 외우면서 내 쪽으로 끌어당겼다.

타앗!

제단을 박차고 내 쪽을 향해 날아오는 루크!

그때 자세를 바로잡은 가우리가 끼어들었다!

그러나!

"딤 윈!"

고오!

루크가 열풍의 주문을 밑으로 쏘았다!

"?!"

바람은 가우리를 휘청거리게 했고 루크의 낙하 궤도를 바꾸었다.

착지와 동시에 루크는 허리 뒤에서 검은색 단검을 뽑았다.

칼끝을 가우리 쪽으로 돌리더니….

"어둠이여, 끌어안아라!"

파앗!

가우리가 있는 부근에 검은 안개가 만들어졌다!

다크 미스트?!

두 자루째의 검도 그렇고 방금 전의 단검도 그렇고….

틀림없이 루크는 도구에 주문을 축적하는 술법을 알고 있다!

그런 일이 가능한 건가?!

루크는 전에 뒷세계에 몸담은 적이 있다고 말했었다. 그때 습득한 기술인가?!

가우리는 반사적으로 뒤로 물러나서 거리를 벌렸다.

그 틈에 루크는 이쪽을 향해 돌진했다!

허나!

"레이 윙!"

내가 주문을 해방하자 나와 케레스 대신관은 바람의 결계에 싸인 채 하늘을 날았다!

주문은 탤리스먼으로 증폭해두었다. 그 덕에 우리들을 감싼 바람의 결계는 어지간해선 깨뜨릴 수 없을 것이다.

제어하기 어려운 술법이지만 이 예배당이라면 날아다닐 정도의 공간은 있다.

나는 일단 예배당 한쪽 끝까지 날아간 후 유턴, 그대로 똑바로 루크를 향해 돌진했다!

루크는 피하지 않았다! 그저 검을 칼집에 꽂고 텅 빈 왼손을 내밀었을 뿐!

설마…! 이 바람의 결계를 깨뜨릴 수 있다는 건가?! 아니면 단순한 허풍?!

—허풍이겠지!

나는 개의치 않고 그대로 루크에게 돌진했다!

접촉한 그 순간.

루크의 입이 움직였다!

바람이 일그러졌다!

─아닛…!

에워싼 바람의 결계가 흔들리더니 우리들의 주위에서 격렬하게 요동치다 산산이 흩어졌다!

우당탕탕탕!

결계를 잃고 나와 대신관은 땅에 떨어져 바닥을 굴렀다!

그러나 루크도 방금 그 충돌로 저 멀리 날아가버렸다.

─그렇구나…!

나는 이해했다. 루크가 방금 대체 무슨 짓을 했는지.

루크는 왼손이 바람의 결계와 접촉한 순간 무언가 바람의 주문을 외운 것이다.

그리고 바람의 결계에 나와 루크 두 사람의 힘이 간섭하게 되었다.

간섭력은 증폭한 내 술법 쪽이 훨씬 높았겠지만 애당초 제어가 어렵고 불안정한 술법이었으므로 다른 간섭… 즉 루크의 주문에 의해 결계의 균형이 무너져서 붕괴한 것이다.

술법의 특성을 파악해서 결계를 깨뜨리다니… 역시 대단하다!

나는 겨우 케레스 대신관과 함께 일어섰다. 착지… 아니, 추락한 충격으로 몸 이곳저곳이 아팠지만 느긋하게 아파하고 있을 여유는 없었다.

루크도 일단 날아가긴 했지만 다시 몸을 일으키려 하고 있다.

그때 뒤에서 가우리가 돌진했다!

"원망 마라!"

외치면서 검을 휘두른다!

"원망 안 해!"

말하고 나서 루크는 다른 단검을 뽑아서 검에 걸어둔 바람을 해방했다!

그걸로 다시 가우리를 날려버릴 생각인가?!

허나!

전력으로 돌격하다가 가우리는 갑자기 옆으로 뛰어서 다가오는 바람의 흐름으로부터 몸을 피했다!

그 착지 지점을 향해 루크가 단검을 집어 던졌다!

이것은 아무리 가우리라도 피할 수 없다. 어쩔 수 없이 가우리는 날아오는 단검을 검으로 떨어뜨렸다!

순간!

양손의 힘을 이용해서 루크가 뛰어올랐다!

가우리 쪽을 향해서!

"아닛?!"

한순간 가우리에게 망설임이 생겨났다. 그가 해치워야 할 적이라면 가우리는 틀림없이 그를 허공에서 베었을 것이다.

그러나 루크는 제지해야 할 상대.

한순간의 망설임이 반응을 늦추고 말았다.

퍽!

"큭!"

그리고 루크의 발끝이 가우리의 배에 박혔다!

휘청거리는 가우리. 착지하는 루크.

루크는 착지와 동시에 바닥을 박차고 가우리에겐 눈길도 주지 않은 채 우리들을 향해 질주했다!

주문을 외우고 있을 시간은 없다!

내 검술로 루크를 막을 수 있을까?!

대답은 노!

그렇다면 취해야 할 수단은 오직 하나!

"이쪽이에요!"

말하고 나서 나는 케레스의 손을 잡고 달리기 시작했다.

속으로 주문을 외우면서.

현재 위치는 예배당 구석. 이동해서 루크와 거리를 벌리기 위해선 안쪽 통로로 도망칠 수밖에 없다.

나는 주저 없이 통로로 뛰어들었다.

이걸로 시간을 벌어서 내 주문이 완성되거나 가우리가 루크를 따라잡기를 기다리는 수밖에 없다!

물론 루크는 따라왔다. 간격은 조금씩 줄어들고 있었다.

루크가 무언가 주문을 외웠고….

그보다 일찍 내 주문이 완성되었다!

한 손을 옆 벽에 대고 외운 주문을 해방한다!

"반 레일!"

그 손을 중심으로 얼음 덩굴이 벽을 기어간다!

이것에 닿으면 상대는 그 자리에 얼어붙는다. 동상 정도는 입겠지만 어쩔 수 없다!

얼음 덩굴이 루크의 발밑으로 다가갔고….

─탓!

순간 루크가 땅을 박찼다.

점프한 그 순간!

"레이 윙!"

공중에서 고속 비행의 술법을 해방한다!

얼음 덩굴은 루크를 지나쳐 그대로 추격한 가우리에게 향했다!

그러나 물론 가우리도 이런 걸 가만히 맞고 있지만은 않는다.

"하앗!"

블래스트 소드의 일격으로 다가오던 덩굴이 모조리 잘려나갔다!

그리고 루크는 뒤에서 우리들을 향해 충돌했다!

그딴 걸 맞을 것 같아?

즉시 나는 케레스 대신관을 쓰러뜨리면서 바닥에 몸을 숙였다!

이제 루크는 우리들의 머리 위를 지나쳐서 통로 안쪽으로 혼자 돌진…

할 거라 생각했는데….

케레스 대신관을 쓰러뜨리는 타이밍이 약간 늦었다!

의식용 로브가 바람의 결계에 휘감겨서 끌려간다!

물론 그것을 붙들고 있던 나도 함께!

"우와아아아앗?!"

그대로 통로 출구까지 끌려간다!

그러나 이것이 계산 착오였다는 건 루크도 마찬가지! 불안정한 술법으로 예정 외의 두 사람을 갑작스럽게 잡아끈 것이다. 통로를 빠져나간 그 순간 완전히 균형을 잃고 추락했다!

그 틈에 나는 케레스의 손을 잡고 옆에 있는 복도로 달려갔다.

뒤쪽에서는 루크가 따라오는 기척.

나는 주문을 외우면서 조금 비좁은 통로를 발견하고 그쪽으로 진로를 바꾸었다.

반 레일은 날아서 몸을 피했지만 이건 어떨까?

나는 뒤쪽을 향해 주문을 쏘았다!

"프리즈 브리드[氷結彈]!"

—키이이이잉!

내가 쏜 냉기의 주문은 바로 뒤에 있는 벽에 부딪쳐 얼어붙더니 통로의 반 이상을 얼음에 가두었다!

이걸로 발을 묶어놓을 수 있을 터! 그동안 가우리가 따라잡는다면….

나는 고개만 돌려 돌아보고….

—카가가가가강!

찰나.

날카로운 소리와 함께 내가 만든 얼음이 산산조각으로 부서지며 후두둑 바닥에 떨어졌다.

—말도 안 돼! 그 얼음을 베어버렸어?!

보통 크기의 검을 휘두르는 것조차 여의치 않은 이 좁은 통로에서 얼음덩어리를 베어내다니….

혹시 화염의 공격 주문을 축적한 검이라도 준비해둔 건가?

허나 검을 휘두른 잠시 동안 가우리가 뒤쪽에서 루크에게 다가갔다!

"루우우우우우우우우우크!"

돌아보며 발치의 얼음을 걷어차 가우리에게 날리는 루크.

산산이 부서졌다고 해도 그중에는 주먹만 한 크기의 것도 있다. 이런 걸 맞으면 무사하지 못할 것이다.

좁은 통로라서 몸을 피하는 것도 쉽지 않다. 가우리는 검을 작게 휘둘러서 날아오는 얼음 중 큰 덩어리만을 떨어뜨렸다!

그 순간….

키잉!

가우리가 들고 있던 블래스트 소드를 중심으로 얼음이 만들어졌다!

"!"

황급히 검에서 손을 떼는 가우리.

얼음은 칼날에서 자루로 확산되어 완전히 검을 뒤덮었다.

가우리가 손을 떼는 게 만약 조금이라도 늦었다면 그 손도 얼어버렸을 것이다.

대체 루크가 방금 무엇을 했는지… 솔직히 나로서도 알 수 없다. 생각할 수 있는 것은… 걷어찬 얼음덩어리 속에 프리즈 브리드 같은 주문을 섞었을 가능성….

어쨌거나 이로써 가우리는 무기를 잃었다. 검을 봉인한 얼음을 녹일 때까지 루크가 기다려줄 것으론 생각되지 않는다.

그리고 루크가 땅을 박찼다!

목표는 가우리!

먼저 그쪽의 움직임을 봉할 생각인가?

들고 있던 검과 단검을 집어 던지고 육탄전을 시도한다!

돌진해서 왼쪽 주먹으로 현혹시키고 몸을 낮추어 오른손 손가락으로 명치를 찌르는 루크.

가우리는 상체를 뒤로 젖혀서 왼쪽 주먹을 피한 후 오른쪽 공격은 오른손 손바닥으로 감싸 쥐듯 막았다. 그리고 파고들어서 오른쪽 팔꿈치로 공격을 가한다.

그러나 루크는 몸을 돌리면서 오른손으로 가우리의 오른쪽 손목을 잡고 오른발로 그의 오른발을 걸었다.

발을 걸어서 가우리를 뒤쪽으로 쓰러뜨리는 자세다.

허나 그 순간 가우리의 왼쪽 주먹이 루크의 등에 꽂혔다!

"큭!"

불안정한 자세에서 펼쳐낸 일격이라 그리 큰 위력은 없었지만… 루크의 자세를 무너뜨리기엔 충분했다.

몸이 떨어진 루크에게 가우리의 발차기가 날아갔다!

―탁!

일격을 겨드랑이로 막는 루크.

이건 그런대로 충격이 있었을 터!

―허나!

그 순간 루크의 왼손이 가우리의 발을 붙잡았다1

"이얍!"

그대로 발을 걸면서 벽에 밀어붙이더니….

"라 프리즈[凍界結]!"

냉기의 술법으로 가우리의 발을 얼음에 가두고 벽에 붙여버렸
다!

"큭!"

통한의 신음을 토해내는 가우리!

그 발을 잡고 있던 루크의 손바닥 역시 그 자신이 만들어낸 얼
음에 달라붙었다.

―허나!

"이야아아아아아아아압!"

외침 소리와 함께 그것을 억지로 떼어낸다!

살갗이 찢어지는 기분 나쁜 소리. 그리고 주위에 피가 흩뿌려진
다.

얼음에는… 붉은 손자국이 남았다.

손바닥 가죽이 벗겨지는 것에도 아랑곳하지 않고 루크는 그 손
을 떼어낸 것이다.

"그렇게까지…!"

내 옆에서 케레스 대신관이 놀라 중얼거렸다.

―그렇게까지 해서 그는 케레스를 죽이려는 건가?

그렇게까지 할 만큼 그의 증오는 깊은 건가?

암담한 마음이 가슴속에 생겨났다.

그리고 루크는 발길을 돌렸다.

가우리는 그 자리에서 움직이지 못한다.

루크는 이쪽으로 다가오면서 허리 뒤쪽에서 단검을 뽑았다.

―에잇! 그렇다면!

"플레어 애로!"

나는 주문을 해방했다!

허나!

"소용없다!"

외치면서 루크가 단검을 휘둘렀다!

파앗!

만들어진 열풍이 내가 쏜 불꽃을 흩어버리고 열풍이 되어 이쪽으로 휘몰아쳤다!

―이 녀석! 대체 주문을 축적한 무기를 몇 개나 갖고 있는 거야?

이렇게 된 이상, 일단 도망쳐 다닐 수밖에 없다! 어떻게든 우회해서 가우리가 있는 곳으로 돌아간 다음, 얼음을 녹이고 연계해서 싸운다!

나는 다시 케레스 대신관의 손을 잡… 으려다가 고꾸라졌다.

움직이지 않았던 것이다, 케레스가.

어…?

돌아보니 그는 그 자리에 버티고 서서 정면으로 루크를 응시하고 있었다.

아닛…?

"……?"

루크 쪽도 그 반응이 의외였는지 케레스의 앞에서 멈춰 섰다.

그때….

케레스 대신관이 무방비하게 한 걸음 내디뎠다.

"!"

반사적으로 루크는 단검을 들고 있던 오른손을 겨누었고….

그 순간.

케레스가 그 손목을 잡더니….

단검의 칼끝을 자신의 가슴에 밀어붙였다!

"?!"

모두 움직임을 멈추었을 때.

"죽이십시오."

케레스 대신관의 냉철한 목소리가 울려 퍼졌다.

뭐…?!

"죽이고 싶죠? 나를."

그의 말에 루크의 얼굴에 곤혹스럽다는 표정이 번져갔다.

"뭐…!

너… 너…! 까불지 마…!

이런 짓을 하면 내가 그만둘 거라…."

"생각 안 합니다."

케레스는 말했다.

"동료였던 리나 씨와 가우리 씨와 싸우면서까지…

그렇게 상처 입으면서까지… 그렇게까지 해서 저를 죽이고 싶은 거지요, 당신은?"

"그래…."

괴로운 표정으로 신음하는 루크.

"그럼 죽이십시오."

태연하게 그는 말했다.

"분명 당신이 사랑했던 사람의 죽음에는 저도 책임이 있습니다.

그러니까…

죽이십시오.

그래서 당신의 마음에서 완전히 증오가 사라진다면.

죽이십시오.

정말로 이걸로 끝낼 생각이라면."

루크의 얼굴에 망설이는 표정이 떠올랐다.

"넌… 그래도 좋은 거냐?"

"좋을 리 없죠.

저도 그다지 죽고 싶은 건 아닙니다.

다만…

여기서 제가 목숨을 건진다 해도 당신의 증오가 사라지지 않는한, 당신은 다시 저를 노릴 테고, 리나 씨 일행과 언제까지고 계속싸우면서 다른 사람들을 말려들게 하겠죠.

그런 걸 눈앞에서 보는 건 이제 지긋지긋합니다.

그뿐입니다."

"……."

그 말에 루크는 침묵했다.

나는… 바로 옆에 있었지만 전혀 손을 대지 못하고 있었다.

루크는 지금 주저하고 있다.

섣불리 끼어들면 루크의 증오를 자극할 뿐이다.

만약 그렇게 되면 확실히 케레스의 목숨은 사라질 것이다.

한순간의 엇갈림.

그리고 그때….

나는 어떤 사실을 깨달았다.

"이 장소…!

기억해…?"

내 말에 루크는 한순간 미간을 좁혔고….

"!"

눈치챘는지 숨을 삼켰다.

그랬다. 이곳은…

미리나가 숨을 거둔 그 방 앞이었다.

시간이 얼어붙었다.

움직이지 않았다.

나도. 루크도. 케레스도.

그리고.

긴 것 같기도, 짧은 것 같기도 한 정적이 지난 후.

"……!"

입술을 깨물고 루크가 검을 거두었다.

후우….

깊은 한숨을 내쉰 건 누구였을까?

내가 루크에게 시선을 돌리고….

이름을 부르려고 했던 그 찰나.

—탓!

루크는 말없이 케레스와 내 옆을 지나쳐서 복도 안쪽으로 달려
갔다.

"루…!"

"그만두세요."

불러 세우려던 나를 케레스 대신관이 제지했다.

"보내주십시오."

그리고 루크의 뒷모습은… 복도 창 하나를 통해 밤의 어둠 속으
로 뛰쳐나가… 사라졌다.

"습격자는…

리나 씨의 공격 주문을 맞고 흔적도 없이 사라졌습니다…

그렇게 생각하면 되지 않겠습니까?"

루크가 사라진 어둠을 응시한 채.

케레스 대신관은 그렇게 말했다.

그리하여….

외형적으로는 모든 사건이 끝난 셈이 되었다.

두 대신관을 죽인 남자가 사망했다는… 케레스 대신관의 보고를 의심하는 자는 아무도 없었다.

전 신관장이 화재로 사망한 건에 대해선 여전히 범인이 밝혀지지 않은 상태였지만, 이렇게나 많은 관계자가 사라져버린 이상, 더 이상 사실 관계 확인은 불가능하리라는 게 대다수 사람들의 생각이었고 결국은 흐지부지되었다.

프란시스와 라이언은 자신이 한 짓이 아니라고 말했지만 그것이 진실인지 아닌지도 알 수 없다. 어쩌면 맨 처음 살해된 브란이 범인일 가능성도 있지만… 어찌 됐건 그것을 확인할 방법은 없다.

혼자 살아남은 케레스가 수상쩍다고 생각하는 사람도 있겠지만 사정을 아는 우리들의 눈으로 보면 그가 살아남은 건 어쩌다 보니 상황이 그렇게 된 것에 불과했다.

뭐… 마을 사람들로서도 이런 시끄러운 사건은 어서 잊고 다시한번 관광 도시로서의 활기를 되찾고 싶은 마음뿐일 것이다.

나에 대한 의뢰료도 이미 해결된 상태였다.

받지 않았던 것이다, 나는.

이번엔… 결국 아무것도 하지 못했기에….

—그리고.

차기 신관장 선출 회합이 열린 건 예정보다 빠른, 사건으로부터 이틀이 지난 오늘이었다.

앞당겨진 건 마법사 협회 평의장과 마을의 높은 분들의 판단 때문이었다.

네 대신관 중 세 사람이 사망했고 남은 사람은 케레스 한 사람뿐. 그렇다면 차기 신관장을 누구로 할지는 대답이 나온 것이나 마찬가지…. 그렇게 생각한 것이리라.

회합에 모인 건 평의장을 비롯한 마을의 높은 분 열 명 정도와 케레스 대신관. 그리고 나와 가우리 두 사람도 사건의 당사자 자격으로 동석하게 되었다.

"그럼 불타버린 본원의 재건 등의 문제는 나중에 이야기하기로 하고 일단 차기 신관장을 누구로 하느냐 하는 것인데…."

간단한 인사를 끝마친 후.

사회를 맡은 평의장이 느릿하게 본론을 들고 나왔다.

"여러 가지 불행이 겹쳐서 전 요슈아 신관장에게 선택된 네 사람의 대신관은 이제 한 사람밖에 남지 않게 되었소.

그렇다면 대답은 하나뿐일 터.

케레스 대신관을 다음 신관장으로 임명할까 하는데 어떻습니까?

이의 있는 자가… 있습니까?"

말하고 나서 주욱 방을 둘러본다.

이의가 있는 사람은 없어야… 마땅했다.

그러나.

"이의 있습니다."

"?!"

그 목소리에 일동은 아연실색해서 주목했다.

발언한 것은— 다름 아닌 케레스 대신관 본인이었다.

"케레스 대신관…! 그건 대체 무슨…?!"

"저는…

슬플 만큼 미숙하고 무력합니다.

이번 사건으로 저는 그것을 뼈저리게 느꼈습니다."

당황하는 평의장과는 대조적으로 조용한… 그러면서도 어딘지 슬픈 어조로 그는 이야기하기 시작했다.

"요슈아 신관장님이 돌아가셨을 때…

소식을 듣고 저는 예배당에서 신께 기도했습니다.

그때 제 귀에 목소리가 들려왔습니다.

신관장님은 살해당했고,

사악한 자가 이 마을의 혼란을 바라고 있으니

자신의 몸을 지키려면 힘을 모을 필요가 있다고요.

저는 신의 계시를 받은 것이라고 생각했습니다."

어딘가에서 들은 듯한 이야기를 시작했다.

"그로부터 얼마 지나지 않아… 프란시스 대신관이 호위병들을 고용하기 시작했습니다.

저는 생각했습니다.

그 말은 이것을 예언한 것이라고요.

그래서 저 역시 호위병을 몇 사람 고용했습니다.

하지만…

결국은 사태를 보다 악화시켰을 뿐이었습니다.

두 대신관을 살해한 자는 제가 고용했던 자였습니다.

책임이 없다고 할 수는 없겠죠."

"아니, 하지만 그건…!"

"그리고…."

무언가 말하려던 평의장의 말을 끊고 그는 말을 이었다.

"저는… 중독되어 도움을 요청하는 여성을 구하지 못했습니다.

그리고 그것이 제가 고용한 자가 두 대신관을 살해하는 계기가 되었습니다.

저의 미숙함이 큰 원인입니다.

그날 밤 들은 목소리도 신의 목소리가 아니라 제 마음속 어딘가에 있었던 시기심이 만들어낸 목소리였을 겁니다.

그때까진 저도… 어엿한 신관인 줄 알았습니다.

그러나… 제가 그런대로 할 수 있었던 건 다 돌아가신 요슈아 신관장님의 힘이 있었기에 가능했던 일입니다.

전 이번 사건으로 저의 미숙함을 절감했습니다.

이렇게 미숙한 저로선 돌아가신 요슈아 님을 대신할 수 없습니다.

그러니까…

전 신관장이 되는 건 사퇴하기로 하겠습니다."

웅성웅성웅성웅성….

케레스 대신관의 선언에 회의장은 소란에 휩싸였다.

해는 서쪽으로 기울어가고 있었다.

이제 얼마 기다리지 않더라도 마을은 황혼으로 물들 것이다.

그 후.

신관장을 정할 예정이었던 회합은 결국 날을 잡아 후일 다시 열기로 했다.

뭐, 그도 그럴 것이다.

평의장을 비롯한 높은 분들의 머릿속에는 일단 신관장을 케레스로 결정하고 그 후엔 앞으로의 운영 등에 대해 협의하려는 계획뿐이었지, 제1단계에서 좌초되리라는 건 조금도 생각하지 않았을 테니까.

이렇게 된 이상 그 뒤의 이야기를 자연스럽게 진행시킬 수 있을 리가 만무하다.

뭐… 앞으로 신관장이 누가 되건, 사원이 어떻게 운영되건… 그것은 이 마을의 문제. 이제 우리들이 상관할 바는 아니다.

―그러나.

단 하나.

이 마을을 떠나기 전에 분명히 해두고 싶은 일이 있었다.

그래서… 나는 지금 가우리와 함께 이곳에 왔다.

마을 중앙에 있는 본원… 그 불타버린 예배당에.

그을린 돌기둥이 높은 천장을 지탱하고 있을 뿐인 썰렁한 공간.

늘어서 있던 긴 의자도 없고 대부분의 스테인드글라스는 열로 녹아내려서 이제 그곳에 무슨 그림이 그려져 있었는지조차 알 수 없게 되었다.

제단이 있었던 곳에는 검게 탄 무언가의 덩어리가 한 무더기 쌓여 있을 뿐.

"이상하다고 생각 안 해, 가우리?"

내 물음은 예배당에 메아리쳤다.

"뭐가?"

"이번 사건. 이걸로 전부 끝난 건 아니야.

애당초 누가 신관장을 죽인 거지?

모든 건 이 본원에서 시작되었다고."

"누구냐니…?

그걸 나한테 물어도…."

말하고 나서 머리를 긁적이는 가우리.

물론 그에게 물은 건 아니다.

개의치 않고 나는 뒷말을 이었다.

"서쪽 분원의 프란시스는 말했어,

자신은 신의 목소리를 들었다고.

솔직히 헛소리라고 생각했어.

그리고 남쪽 분원의 라이언 대신관,

자신이 신에게 선택되었다.

그런 말을 했었지.

그것도 역시 잘난 척이라고 생각했어,

그때에는.

하지만 오늘.

케레스는 말했어.

신의 목소리가 들렸다고.

이상하다고 생각 안 해?"

"뭐…

다들 그렇게 '신의 목소리를 들었다'고 하는 건… 확실히 보통 일은 아니로군…."

"한두 사람이라면 전 신관장이 죽은 충격으로 환청을 들었다고 생각할 수도 있지만…

신관장이라는 지위에 그렇게 집착하지 않았던 케레스까지 들었다는 건 아무리 그래도 너무 이상해.

아니,

어쩌면 만나기 전에 살해된 서쪽 분원의 브란 대신관도 역시 그 '목소리'를 들었을지 몰라."

말하고 나서 나는 먼 곳으로 시선을 돌렸다.

스테인드글라스가 타버린 뒤쪽으로 서쪽 하늘이 엿보인다.

황혼이… 가깝다.

"그렇게 생각하면…

그 목소리가 실제로 들렸다고 생각하는 편이 옳지 않겠어?"

"뭐… 그렇게 되겠지."

"그래서 말인데. 가우리,

만약 네가 어느 날 어느 곳에서 전혀 모르는 사람의 목소리만을 들었다고 하면…

넌 그게 누구의 목소리인지 알 수 있어?"

"알 리 없잖아, 그딴 걸."

"그렇겠지…."

"무슨 말을 하고 싶은 거야, 리나?"

"다시 말해…."

나는 손가락을 하나 세우고 말했다.

"대신관들은 지금까지 신의 목소리 따윈 듣지 못했을 게 분명해.

다만…

대신관들은 평소부터 신을 믿었고…

신관장이라는 마음의 의지처를 잃고 기도하고 있을 때…

조언을 하는 듯한 그 목소리를 들었어.

그래서…

신의 목소리로 착각한 거지.

이야기에 따르면 그 '목소리'는 자신을 신이라고 한 적은 한 번
도 없어.

 '신관장은 사고가 아니라 살해당했다. 범인은 이 마을의 혼란을
바라고 있다.'

 그렇게 말했을 뿐."

 ―내가 아는 어느 신관이 자주 이런 식으로 말하곤 했었다.

 거짓말은 일절 하지 않는다.

 그러나 사실을 정확히, 알기 쉽게 말하지는 않는다.

 오해할 만한 말로 잘못된 방향으로 인도하는….

 그런 타입의 녀석이었다.

 만약 이번 '목소리'의 주인공이 그 신관과 비슷한 타입의 녀석
이라면….

 "사람은 목소리만으로 그게 신의 목소리인지, 아니면 다른 누
군가의 목소리인지 구분해낼 능력을 가지고 있지 않아.

 다만 상황과 자신의 생각으로 그것이 무엇인지 추측할 뿐.

 그럼 이번의 이 '목소리'는 정말 누구의 목소리였을까?

 '목소리'는 신관장이 살해당한 걸 알고 있었어.

 하지만 그 시점에선 조사가 허술해서 사고인지 암살인지 단언
할 수 없었던 상황이야.

 그게 사고가 아니라는 걸 알고 있는 자가 있다면…

 그야말로 전지전능한 신이거나…

 아니면…."

"그렇군…."

내 말에 그제야 가우리가 고개를 끄덕였다.

"그렇지 않으면 살해한 당사자인 건가?"

"그래."

고개를 끄덕이고 나는 하늘을 쳐다보았다.

"듣고 있지? 이제 그만 나오지그래?"

목소리가 예배당에 메아리쳤다.

"아니면…,

자고 있는 인간을 기습하거나 혼란에 빠진 사람에게 시시한 헛소리를 불어넣을 수는 있어도, 인간과 정면으로 싸울 만한 힘은 없다는 걸 인정하는 거야?"

목소리는 여운을 남기고 사라졌고….

"크… 크크크… 크크크크…."

조용한 웃음소리가 대신 울려 퍼졌다.

─역시 있었군.

맨 처음 가우리와 둘이서 이곳을 방문했을 때… 가우리가 누군가의 기척을 느끼고 추적했고… 도중에 그 기척은 홀연 사라졌다.

만약 그것이 가우리의 착각이 아니었다면 상대는….

"꽤 감이 좋은 모양이군….

이곳 영감을 태워 죽이고 남은 녀석들에게 약간의 조언을 한 건 분명 내가 맞다…."

어딘가에서 목소리가 울려 퍼진다.

나는 속으로 주문을 외우면서 예배당 안을 둘러보았다.

뻥 뚫린 창. 늘어선 기둥. 타고 남은 스테인드글라스. 타서 까매진 샹들리에, 검게 뭉쳐 있는 제단….

"하지만…

내가 한 건 그뿐이야.

그 뒤는 모두 인간들이 한 짓이지.

사람을 모은 것도, 서로를 증오한 것도, 서로를 죽인 것도.

나는 그저 이곳에서 구경만 했을 뿐.

재미있더군….

대신관이라 불리며 평소 성인군자인 척하던 녀석들이 자신의 마음속에 악의와 증오가 있다는 걸 자각하지도 못한 채 멋대로 그 것을 부풀려서 마을을 불안감으로 물들이는 꼴을 보는 건 말야.

증오가, 적의가 나날이 부쩍부쩍…."

―시끄럿!

"에르메키아 란스[烈閃槍]!"

나는 외운 주문을 해방했다!

표적은 딱 하나 남은 스테인드글라스!

술법이 명중하기 직전!

―스윽!

스테인드글라스… 아니, 그것으로 변해 있었던 게 녹아내리더니 일격을 피해 바닥 위에서 뭉쳤다!

"호오오오…. 잘도 알았군. 내가 숨어 있는 장소를…."

―당연하다.

스테인드글라스의 틀은 열에 약한 납으로 만들어져 있다. 다른 것들은 모두 녹아내렸는데 하나만 무사한 건 부자연스럽기 이를 데 없다.

―일일이 말로 설명할 생각도 안 들지만.

그것은 작게 흔들리더니 순식간에 형태를 취했다.

색은… 스테인드글라스의 모든 색깔을 섞어놓은 듯 여러 가지 색채가 드문드문 섞여 있는 색.

키는 가우리보다 머리 두 개 정도 클까? 대충 인간 모양을 하고 있긴 하지만 그 얼굴에는 눈도, 코도, 입도, 귀도 없고, 대신 그 온몸에 무수한 눈과 입이 뚫려 있었다.

―역시… 마족….

"확실히… 네 말대로야…."

나는 말했다.

"모든 건 인간이 저지른 일이야.

마음속에 품고 있던 어둠을 해방한.

너 같은 하급 마족이 할 수 있는 일은 기껏해야 쪼잔한 뒷공작이나 자고 있는 사람을 태워 죽이는 정도겠지."

"너무 얕보는군…!

인간 따위가 나 제누이 님을…!"

마족의 목소리가 노기로 부풀어 올랐다.

개의치 않고 나는 오른손을 가우리 쪽으로 내밀었다.

"가우리…

잠깐 검 좀 빌려줘.

이런 녀석은… 나 혼자서도 충분해."

"방심하지 마."

말하고 나서 가우리는 검을 뽑아 나에게 건넸다.

"알고 있어."

고개를 끄덕이고 그것을 받아 드는 나.

"까불지 마라!"

외치면서 내 쪽으로 다가오는 제누이.

검을 겨누고 주문 영창을 시작하는 나.

"카앗!"

제누이가 오른쪽 가슴에 달린 입에서 불덩어리를 토해냈다.

그러나 나는 옆으로 도약해서 피한다.

콰앙!

저편에서 터지는 불꽃.

제누이는 내 쪽으로 몸을 돌리더니….

검의 사정거리에 들어가기 직전.

그 목이 크게 늘어나서 나를 내려다보았다!

—그렇군.

나는 묘하게 냉정한 상태에서 검을 휘둘러 발밑을 옆으로 베었다!

목을 길게 늘인 건 어디까지나 속임수.

발끝을 변형시켜서 무수한 눈과 입을 내 쪽으로 뻗으려던 참이었다.

그것을 모조리 블래스트 소드로 한 방에 베어버린다!

"크아악!"

꼴사나운 비명을 지르며 크게 물러서는 제누이.

그 뒤쪽에….

"블래스트 애시[黑如陣]!"

내 주문이 만들어낸 어둠이 출현했다!

"커헉!"

마족은 등 쪽을 어둠에 먹히자 허겁지겁 다시 물러섰다.

그리고 다시 크게 도약하더니 예배당 천장에 달라붙는다!

"큭…. 여기라면 검이 닿지 않을 터!"

의기양양한 목소리로 말한다.

개의치 않고 주문을 외우는 나.

—황혼보다 어두운 자여
　피의 흐름보다 붉은 자여
　시간의 흐름에 파묻힌
　위대한 그대의 이름으로….

"죽어라!"

불규칙한 형상으로 변해 천장을 이동하며 제누이는 입에서 화염을 토했다!

그러나….

촤악!

내가 들고 있는 블래스트 소드의 일격이 날아오르는 불꽃을 두 동강 냈고, 튀어나간 파편은 주문 영창 중에 발생하는 마력 결계에 막혀서 나에게는 도달하지 않았다.

"아닛?!"

놀라 소리치는 제누이.

그 후에도 여러 번 불꽃을 쏘았지만 모두 첫 번째 공격과 같은 운명을 맞이했다.

―그리고….

―모든 어리석은 자들에게

나와 그대가 힘을 합쳐

동등한 멸망을 가져다줄 것을….

나는 완성된 주문을 하늘로 쏘았다!

"드래곤 슬레이브[龍破斬]!"

콰아!

붉은색 빛이 천장에 붙어 있는 제누이의 몸에 집결했고….

"컥…!"

지르다 만 그 비명을 뒤덮으며….

콰아아아아아아아앙!

거대한 폭발의 섬광이 하늘을 꿰뚫었다!

일격은 마족을 강타하고 신전의 상부를 모조리 날려버렸다!

본전 주위에는 그럭저럭 넓은 부지가 있다. 이곳이 날아간 것 외엔 아마 피해는 없을 것이다.

—그것이…

이 마을에 증오의 씨앗을 뿌린 마족의 허무한….

너무나 허무한 최후였다.

그 허무함이…. 지금의 나에겐 너무나 분했다.

—이런….

이런 조무래기 마족 때문에….

가우리에게 등을 돌린 채,

나는 묵묵히 뺨을 훔쳤다.

올려다보니 지붕은 깨끗하게 날아간 상태였고 그곳에는 하늘과 흐르는 구름.

—하늘은 어느 틈엔가… 꼭두서닛빛으로 물들어 있었다.

—세렌티아 시티 북쪽.

거의 마을 외곽이라고 해도 좋을 그 장소에 전망이 좋은 언덕이 있다.

부드러운 햇살 속에서 잘 손질한 잔디가 눈부시게 빛나고 있다.

사람의 모습은 별로 없고 그저 흰 묘비가 늘어서 있을 뿐….

세렌티아 시티 공동묘지.

그 한구석에… 한 여성의 이름을 새긴 작은 묘비가 있다.

나와 가우리 두 사람은 꽃을 들고 그 앞에 서 있었다.

그 묘비에는 새로운 것, 오래된 것 등 여러 개의 꽃이 바쳐져 있었다.

누가 바친 건지는 생각할 것까지도 없다.

그가 지금 어디에 있는지….

그것은 아무도 알 수 없다.

그 이후 그는 모습을 감추었다.

"끝났어…."

그 자리에 주저앉아 묘비에 대고 그렇게 말한 다음 나는 들고 있던 꽃을 바쳤다.

"이 마을에 증오의 씨앗을 뿌린 녀석도 해치웠어.

별것 아닌…

정말로 별것 아닌 녀석이었어…."

바람이 분다.

푸른 언덕에.

"저기, 리나."

문득 생각났다는 듯 가우리가 물어왔다.

"어제 신전에서 해치운 마족 말야….

네 도발에 걸려들었기에 망정이지…

만약 모습을 드러내지 않았다면 어떻게 할 생각이었어?"

"나왔을 거야, 녀석은. 반드시.

뭐, 그 신전에 있는지 없는지가 도박이었지만."

하지만 그곳에 마족이 있었다면 반드시 모습을 드러낸다….

나는 그렇게 확신하고 있었다.

왜냐하면 내가 그때 한 말은 도발이라기보다는 마족에게는 강제적인 소환 주문과 비슷한 것이기 때문이다.

―마족이 인간에게 아스트랄 사이드에서 공격을 하지 않은 건 인간을 상대로 전력을 다할 수 없기 때문이다.

과거에 나는 아는 사람으로부터 그런 말을 들은 적이 있다.

인간을 상대로 전력을 기울이는 건 '자신은 인간 따위를 상대하면서도 전력을 기울이지 않으면 이기지 못하는 정도의 힘밖에 없다'는 걸 인정하는 것이고… 그것은 정신 생명체인 마족에게는 치명적일 정도의 약체화를 부른다고 한다.

그래서 이번에 그것을 응용한 것이다.

―모습을 보이지 않은 건 인간과 정면으로 싸울 만한 힘조차 없다는 걸 인정하는 거냐?

상대가 마족이라는 걸 예상하고 나는 그때 어딘가에 숨어 있을 녀석에게 그렇게 말했다.

만약 그 말을 들었으면서도 단순히 '나가고 싶지 않다'는 이유로 모습을 드러내지 않았다면 녀석은 자신이 인간을 이기지 못한다는 걸 인정한 셈이 되므로 약체화… 경우에 따라선 소멸했을 것이다.

즉 내 말을 들은 이상 모습을 드러낼 수밖에 없었던 것이다.

"그런 거야…?"

"그런 거야."

뭔지 모르겠다는 얼굴로 묻는 가우리에게 나는 자세한 설명을 생략하고 그저 그 대답만을 했다.

"하지만 이 마을의 신관장은 어떻게 될까?

난… 역시 케레스 씨가 되는 게 좋다고 생각하는데…."

"뭐… 본인이 싫다는데 억지로 시킬 순 없는 일이잖아.

어디 다른 마을에서 적당한 사람을 데려와서 부임시키는 게… 타당한 선이겠지.

어쨌거나

우리들하곤 상관없는 이야기야."

"뭐… 그야 그렇지만…."

우물쭈물 가우리가 말했다.

—그리고.

잠시 침묵이 찾아왔고 바람이 불었다.

"그럼… 이제 그만 갈게."

묘비에 대고 그렇게 말한 후 나는 일어섰다.

"어디로 가지?"

가우리가 물었다.

"어디든 좋아.

나중에 생각하자.

어쨌거나 이 마을을 떠난 후에….”

“응….”

그리고 두 사람은 발길을 돌려 걸어갔다.

—문득 나는 생각했다.

모습을 감춘 그를.

—그의 마음은 구원받았을까 하고.

대답은….

우리들로선 알 수 없다.

…….

나는 말없이 고개를 저으며….

바람이 살랑거리는 푸른 언덕을 뒤로했다.

— 15권에 계속 —

작가 후기

작가 + L

작 : 며느리가 미우면 손자까지 밉다!

　　그런 연유로 신장판 「세렌티아의 증오」입니다!

L : 이번 권은 꽤 큰 터닝 포인트가 되는 이야기지.

　　제2부를 쓰던 도중, 팬 여러분이 제르가디스와 아멜리아를 출

　　연시켜 달라 그렇게 요청을 해도 결국 등장시키지 않았던 이

　　유가 바로 이 이야기 때문이고.

작 : 그런 거지.

　　스토리물과 게임에 등장하는 회복계 기술은 어디서 써먹어야

　　할지 어렵거든.

L : 그렇겠지. 「드래○ 퀘스○」 같은 데에서도 때때로 악역에게

　　살해당한 캐릭터가 나오면 "이럴 때 자오○크(주1)를 걸면 안

　　되나…?" 싶을 때가 종종.

작 : 있지, 있지.

　　모 판타지 시리즈에서 방금 전까지 함께 싸우던 동료가 갑작

　　스런 이벤트로 죽게 될 때.

　　너 방금 전까지 레○즈(주2)로 몇 번이나 부활했잖아?! 싶을 때

주1) 「드래곤 퀘스트」에 등장하는 완전 부활주문 자오리크를 말함.
주2) 「파이널 판타지」 시리즈의 부활마법 레이즈를 말함.

도 있고.

L : 그밖에도 연출 같은 문제도 있겠지만

서브머신건에 두들겨 맞아 춤을 춰도, 거대한 뱀의 초폭발을 당해도, 늑대에게 목덜미를 물린 채 한 바퀴 회전을 한 다음에도 종종걸음으로 되돌아오던 여자 캐릭터가, 검에 찔렸을 뿐인데 죽기도.

작 : 아, 그건.

엔딩까지 다 보고도 "엑?! 진짜 죽은 거였어?!"라고 놀랐던 기억이.

물론 좋아하는 게임이긴 하지만.

연출과 구성이라면 이 얘기를 해볼까.

아멜리아를 출연시키면서 거의 동일한 스토리라인을 유지하는 방식도 있겠지만, 단계도 밟아야 하지, 설명도 해야 하지, 괜한 분량이 늘어날 게 눈에 보였거든.

L : 결국 출연시키지 않았다.

작 : 응.

하지만 이번에 신장판 교열 차 다시 읽어 보니, 이런 이야기는 쓸 때의 기분에 따라 흘러가는 면이 있는 것 같아.

아, 쓰는 나도 냉정을 잃고 있구나 싶었던 때가 종종.

L : 그렇다면 다시 써서 고치지 그랬어.

작 : 개인적으로는 그러고 싶은 부분도 있었지만.

신장판을 내기로 정해졌을 때 편집자가 오탈자 체크는 OK여도 대폭으로 다시 쓰는 일은 없도록 해달라 했거든.

체크하면서 읽어 보니 그렇게 못 박은 이유를 알겠더라.

L : 무슨 뜻인데?

작 : 역시 다시 쓰고 싶은 부분이 무지막지 튀어나오더라고.

만약 마음껏 손대도 좋다는 말을 듣고 진짜 저질렀으면, 전개
를 막 바꾸다 밸런스가 무너져 엉망진창이 되다가, 다시 손을
보는 일이 무한루프로 벌어졌을 거라 자신할 수 있어!

L : 건방 떨지 마! 그런 자신감은 버려!

하지만 그런 신경 쓰지 말고 마음껏 전개를 바꾸는 것도 좋지
않았을까.

8권에서 주인공을 나로 갈아타고 앞으로는 내 마음껏 노는 거
지.

여러 나라를 여행하며 마족과 만나, 드라마 끝나기 15분 전에
"이 혼돈이 눈에 들어오지 않느냐!"라는 대사를 날리면서 허
무가 쾅!

작 : 암행어사 노선?!

그런데 그런 전개면 후에는 선인도 악인도 아무도 안 남는 거
아냐?!

L : 아무도 없으니 일이 벌어질 일도 없잖아.

즉, 진정한 평화가 찾아오는 거지!

작 : 그건 틀려!

평화라는 것은 그걸 실감할 누군가가 있어야만 진짜인 거야!

그런 스토리는 허무 그 자체잖아!

L : 엥?

그래도 탐관오리를 물리친 다음 몇 년 지나 또 가보니 다른 탐관오리가 부임해서 비슷한 짓을 하고 있는 것도 허무하지 않아?

작 : …그야 그렇긴 한데…

그렇다고 전부 없애버린다니.

너는 어떤 게임의 라스트 보스냐.

L : …아니….

나는 의외로 그런 포지션에 잘 어울린다 생각하는데….

작 : ―헉!

깜빡하고 있었는데 그 말을 듣고 보니!

L : 깜빡하고 있었다고…?

호호오, 날 어지간히 우습게 본 모양이네.

그렇다면 다시 한번 똑바로 기억나게 해주…겠다면서 문득 생각난 건데.

작 : (방어 자세를 취하며) 뭐… 뭔데? 뭔가 공격이 들어오겠구나 하고 있었는데.

L : 생각해 봐. 내가 가끔 후기에서 작가를 말살하곤 하잖아?

작 : 그런 소릴 하면서 동의를 구하는 것도 좀……. 그래 그렇긴 한데?

L : 하지만 다음 후기에서 마치 아무 일도 없었다는 듯 부활하잖

아.

그거 혹시 게임에서 주인공 캐릭터가 무한히 부활하는 것과 똑같은 이유인가 해서.

작 : 아.

어느 나라 왕이나 신부님한테서 그래선 안 된다는 소릴 들은 적은 없지만.

어째서 다음 권에 부활하냐 하면…

세상이 다 그렇게 생겨먹었기 때문, 아닐까?

L : 추상적인 일반론으로 대충 넘겨버렸어!

…아니, 정말 그럴지도 모르겠네….

그럼 이만, 후기는 여기까지.

작 : 대충 얼버무리는 거냐!

…으음, 그럼 여러분, 다음번에 또 만나요.

후기 : 끝

슬레이어즈 14
세렌티아의 증오

1판 1쇄 인쇄	2020년 8월 8일
1판 1쇄 발행	2020년 8월 15일

지은이	Hajime Kanzaka
일러스트	Rui Araizumi
옮긴이	김영종

발행인	정욱
편집인	황민호
본부장	박정훈
마케팅	조안나 이유진 이수정
국제판권	이주은 김준혜

제작	심상운 최택순 성시원
발행처	대원씨아이㈜
주소	서울특별시 용산구 한강대로15길 9-12
전화	(02)2071-2018
팩스	(02)749-2105
등록	제3-563호
등록일자	1992년 5월 11일
ISBN	979-11-362-3783-5 04830

SLAYERS Vol.14 : SERENTIA NO ZO O

ⒸHajime Kanzaka, Rui Araizumi 2008

First published in Japan in 2008 by KADOKAWA CORPORATION, Tokyo.

Korean translation rights arranged with KADOKAWA CORPORATION, Tokyo.

누계 2천만 부,
역대 최고의 라이트노벨
전설이 된 그들이 돌아왔다

격투 끝에 패왕장군 쉐라를 쓰러뜨린 전사이자
미소녀 천재마도사 리나 인버스와 그 파트너 가우리.
그녀들 앞에 나타난 용족 장로 미르가지아는
마족이 진정으로 원하는 것은 '봉마전쟁'의 재현이라 말한다.
미르가지아의 부탁으로 조사에 협력하게 된 두 사람.
하지만 최악의 경우 모든 마족을 적으로 돌릴 수도 있는데….

HAJIME KANZAKA **칸자카 하지메** 일러스트 | 아라이즈미 루이 번역 | 김영종

슬레이어즈 13

강마의 이정표

누계 2천만 부,
역대 최고의 라이트노벨
전설이 된 그들이 돌아왔다

리나 인버스와 그 파트너 가우리가
평소대로 도적들을 해치우며
스트레스를 풀던 중… 세계가 진동한다.
기상 이상과 데몬들의 대량 발생…,
역시 강마전쟁은 다시 찾아오는 것일까.
그래, 좋다! 간다, 사일라그로!!
이 앞에는 무엇이 있는 걸까? 파멸인가.
아니면 내일을 향한 문인가. 그리고 그녀들은 전설이 된다.

HAJIME KANZAKA **칸자카 하지메** 일러스트 | 아라이즈미 루이 번역 | 김영종

슬레이어즈 15
데몬 슬레이어즈!